目次

装幀・本文ＡＤ　坂野公一＋吉田友美（welle design）

対談構成　柳美里

まえがき

柳美里さんに逢ったのは二十一世紀に入ってまもなくのころだったと思います。ＮＨＫのテレビの仕事で宇治の平等院に行き、大きな仏の前で、ポツリポツリ話を交わしたのが初めでした。

厳冬期の夕方に顔を合わせ、夜が更《ふ》けてから平等院の全景が、強いライトで照らし出されていました。全身が凍《こご》えて、今にも震えがきそうでした。

今思うと、そのときの柳さんはニコリともしない、怖い少女《アンファン・テリブル》の面差しで闇の中に立っていました。

そのことがあってからしばらくして、柳さんは青春のすべてを賭けた長編『命』四部作を仕上げ、その最終巻の『声』（二〇〇四年）にわたしが解説を書くことになりました。

この柳さんの四部作は恋人（東由多加《ひがしゆたか》）の癌《がん》の闘病とご自身の出産をめぐる、凄烈《せいれつ》というしかない、過酷な出会いと別れの物語でした。それはいつしか大ベストセラーとなって世間の話題をさらいましたが、その最後の巻になる『声』の末尾に作者自身の「あとがき」が付され、そこにつぎのような文章を書いていたのです。

いまわたしは、音という音が死に絶えてしまったような沈黙のなかで、発した瞬間に消えてしまう声の響きに耳を澄ましている。いまそばにいるひとの声と、いまは亡《な》きひとの声と、その両者に語りかけるわたし自身の声に――。

（同書三五六頁）

不思議なことに著者は、その小説本文の最終末尾にも、右の言葉と呼応し響き合うような、切迫した言葉を記して、その長編四部作をしめくくっていたのです。

わたしは東由多加の声だけを頼りに歩いてきました　オルフェウスのように命の糸をもう一度結び合わせてくださいとは祈りません　もう一度だけ　東由多加とゆっくり話をしたいです　ゆっくりが難しかったら　一時間でもいいです　東由多加と話をさせてください　声を聞きたいんです　お願いします　東由多加の声を聞かせてください

（同書三五三～三五四）

それ以後柳美里さんは、音という音、一切の音が死に絶えた沈黙のなかで、東由多加という神話的な死者の声だけを聞いて、その死んだ存在への言葉をつむぎ出し、歌をうたい続けてきたのでしょう。

それは、長い長い、柳美里における痛切な挽歌《ばんか》の季節だったのかもしれません。

その時からまた、時間はゆっくり過ぎていきました。

二〇一一年三月十一日、東北地方を、あの大震災と大津波が襲《おそ》いました。その地にはわたしも何度か訪れましたが、しばらくしてまた柳さんからの消息がとどくようになり、それがはずみになってふたたび京都で再会することになったのです。

その間、柳さんは鎌倉の家をたたみ、福島の南相馬《みなみそうま》に移住していました。それまでに培った被災地の人々との交流が深まり、新しい活動をはじめていたのでした。

ニュースタイルの書店を開き、裏庭に芝居小屋をつくり、現地の人々をまきこんでまことに珍しい演劇集団を立ち上げていたのですから驚きという外《ほか》ありません。原発事故で疲弊《ひへい》しつくした土地で、まったくの手づくりによる復興仕事にとり組もうとしていたのでした。

そのとき柳美里さんは、あの『命』の四部作に没入していた時期とは打って変わって、むしろ生きのこった者たちにとどける相聞《そうもん》（愛）の歌をうたう、新生の巫女《みこ》に変貌していたのかもしれません。

本書は、そのような人との、長い長い沈黙の時をはさんだ、対話の記録です。

二〇一九年五月一日

山折哲雄

沈黙の作法

第一夜

生きるに値することのみを説いたり論じたりするのではなく

柳　おひさしぶりです。

山折　おひさしぶりです、本当に。

柳　二〇〇一年頭に京都の平等院鳳凰堂《びょうどういんほうおうどう》で対談をして以来ですね。夜、ライトアップされた鳳凰堂の前で撮影をするというNHKの企画で、とにかく寒かった。

山折　凍《こご》えながら対談しましたね。

柳　長時間の撮影で、山折さんの唇が寒さで紫色になっていたのをおぼえています。あの後、『命』四部作（『命』『魂』『生』『声』）最終巻の『声』の解説を書いていただきました。

山折　あぁ、そうだ、そうでした。柳さん、あるいは主人公のことを「ほとんどホトケオロシに身を捧げる巫女と化している。恋人の魂をわが身に憑依《ひょうい》させる古代シャマンの面影を、その顔に宿《やど》している」と書きました。他者、死者、他界との交流を書いた『声』は、凄い小説ですよ。

柳　平等院鳳凰堂から十三年が経ちました。その間、一度もお目に掛からなかったわけですが、山折さんは書評やエッセイで何度もわたしの『自殺』(『柳美里の「自殺」』)という本を取り上げてくださっていた。知人から「出ているよ」と知らされて、読んでいました。いつか再会したいと思っていたので、今日はとてもうれしいです。

山折　わたしもうれしいです。学校でのいじめを苦にして子どもが自殺をするという事件が後を絶ちません。いじめの問題に対する報道が、わたしはどうも気になっていたんです。事象の上《うわ》っ面《つら》しか捉えていないのではないかという不満がある。ところが柳さんは、今から二十年も前にいじめの問題に取り組んでいらっしゃる。

柳さんは、『自殺』の中で、こんなことを書いていらっしゃる。

教育現場では「いじめの根絶宣言」を標榜《ひょうぼう》していますが、他者をいじめたり、排除したりする心理が、他者よりも優位に立ちたいという願望に根差すものだとしたら、誰の心の中にもいじめの種はある。だから、まず一人一人が自分の心をじっと凝視《みつ》めることから始めなくてはならない。自殺は、いかに生きるべきか、いかに死ぬべきか、という問題と直結しているので、自殺予防や防止というガード側にまわるのではなく、生き死にの問題に深く分け入らなければならない、と。
　わたしはいじめと自殺の問題について意見を求められた時は、「まず柳美里さんの『自殺』を読んでください」と言うようにしています。

柳　本屋の中を歩くと、生き方を指南するハウツー本や自己啓発本はこれでもかというほど並んでいて、続々と新刊が出版されています。生きるに値《あたい》することのみを説いたり論じたりするのではなく、死するに値することを考えてみた方が、自分の心の輪郭はくっきりするのではないか――。でも、死に方の話や死に場所の話というのは、タブー視されているか、暗い、ネガティブな話として避けられていますよね。

山折　柳美里を世間に紹介する時、柳美里の文学世界、人生観というものを、世間に素直に受け取ってもらえるかどうかという不安が常につきまとうんですよ。
　具体的なエピソードを一つ紹介します。平等院で初めてお目に掛かって、しばらくして、ある雑誌から、柳美里の特集記事を組みたいという依頼がありました。わたしに原稿を書いて欲しい、と。タイミングを考えると、おそらく先方はＮＨＫの番組を観て、わたしが適任だと考えたんでしょう。そこでわたしは、日本の国宝第一号である京都の広隆寺《こうりゅうじ》の半跏思惟像《はんかしゆいぞう》の顔と柳美里の顔が非常によく似ている、と書いたんです。

柳　若い頃、よく言われました。

山折　言われたでしょう、そっくりですから。わたしは、あなたが登場した時から、生き写しだと思っていました。それでね、原稿を書いて編集部に送ったら、「この企画、取りやめになりました」と言うんですよ。あれは、ちょうど、『石に泳ぐ魚』（一九九五年）裁判の判決が出た後だった。わたしは怒って、以降その雑誌に書くことをやめました。

柳　そんなことがあったんですね……

山折　『自殺』の話に戻します。あの本の基《もと》になっているのは、ある高等学校における講演ですよね。

柳　はい。

山折　高等学校で、自殺という主題で、柳さんを呼んで講演会を開くというのは、相当勇気ある決断だと思います。その辺の経緯《いきさつ》をお伺い出来ますか。

柳　あれはですね、当初は「放課後のレッスン」というシリーズ企画で、十冊くらい出るはずだったんです。自殺のススメ、逃走のススメ……一般社会ではネガティブに捉えられがちな問題をテーマに選び、逆説的に生きることを肯定する。確か、逃走のススメは島田雅彦《しまだまさひこ》さんの担当でした。島田さん以外のテーマと講師はおぼえていません。なかなか意義深い企画でしたが、引き受けてくれる高校が見つからず、企画自体が頓挫《とんざ》してしまったんです。当時ちょうど、東由多加《ひがしゆたか》率いる東京キッドブラザースが学校公演を頻繁《ひんぱん》にやっていたので、わたしはキッドのツテで高校に依頼し、講義が実現したというわけです。結果的に単独企画になってしまった。

山折　それはまた、いかにも柳美里的なエピソードですね（笑）。

柳　そうですか（笑）。

山折　柳さんのお考えを、企図を汲《く》み取《と》ってもらえたわけですね。参加した高校生は十数人ですか？

柳　いえ、一クラス丸々、放課後に残ってもらいました。高校生たちは、わたしになんて関心がないですし、そもそも何のテーマの講義なのかも知らされていませんでした。非常に話しづらい状況です。

山折　どういう反応でした？

柳　最初は、様子を窺《うかが》うような雰囲気でしたが、次第に何人かの生徒が真剣な表情になり、質問を求めたところ、「クラスで浮いて、孤立感をおぼえるというのは、自意識過剰《かじょう》が原因なんじゃないですか？　クラス全員が誰かを一斉《いっせい》に、何ヶ月も無視したりするなんて不可能だし、だいたいクラスの中にも仲のいいヤツもいれば、それほどでもない人もいて、バラバラですよ」という率直な意見が出て来たりもしました。

山折　当時、柳さんは、まだ二十代ですよね？

柳　二十四歳だった、と思います。

山折　いじめの問題を考えるにあたり、わたしは最近、二つアプローチがあると考えているんです。一つは、いじめは人間から根絶することが出来るという考えに立って対処するという考え方と、もう一つは、いじめは根絶することが出来ないという考え方。最近の教育の世界では、文科省も評論家も、根絶出来るという前提で議論している。ところが柳さんの考え方はどうもそうじゃなさそうだとぼくは感じたわけですよ。むしろ、いじめというのは、人間にとって根生《こんせい》的、生得《せいとく》的と言ったら言い過ぎかもしれないけれど、そう簡単に根絶出来るものではない。その根源は、何百年、何千年、何十万年前に遡《さかのぼ》る非常に深いものだと。仏教の言葉でいえば業《ごう》のようなものかもしれない。根絶出来ないという人間の弱さの立場からどう対処するのか、どう対処する方法があるのか、こちらの方がよほど大事だと考えています。根絶出来ると言ったら、マニュアルを作らないといけないんだよね。

柳　学校のホームページを見るとだいたい「いじめ根絶宣言」というような標語があって、そこを押すとマニュアルが出てきます。こういう風にわたしたちはいじめを無くしますと図解されている。

山折　わたしはこれからいじめ問題を解決するには、「柳美里仮説」の本を出版すべきだと考えています。これを数多《あまた》ある委員会の専門家たちがどう見るか、大勝負ですよ。

亡き人にただ別れを告げるだけでは立ち止まり絶望する以外にない

山折　柳さんが、二〇一一年三月十一日以降、何故《なぜ》、福島県浜通《はまどお》りの原発周辺地域に通うようになったのかをお話しいただけますでしょうか。

柳　三月十一日、地震と津波が起きて、翌三月十二日から原発が相次いで爆発しました。四月二十二日零時をもって原発から半径二十キロ圏内が「警戒区域」として封鎖《ふうさ》されるという政府の発表を受けて、封鎖される前に行ってみなければと思ったんです。

わたしの母は、福島県南会津郡の只見町《ただみまち》というところで、中・高校時代を過ごしました。福島県の太平洋に面した浜通りが「原発銀座」と呼ばれる地帯だとしたら、福島と新潟の県境に位置する水郷《すいごう》、只見は「ダム銀座」と呼ばれる地帯です。只見ダム、奥只見ダム、田子倉《たごくら》ダムというダムがあり、首都圏に送電を続けています。わたしは、ものごころついた頃から、母の同窓会などがある度に只見に連れて行ってもらっていたんです。父はパチンコ屋の釘師《くぎし》、母はキャバレーのホステスをしていたから、家族旅行なんて数えるほどしかしなかったんですが、只見には、まるで里帰りするように頻繁に行っていました。

今でも鮮明に覚えていますが、母がわたしたちきょうだいを、田子倉ダムの縁に連れて行き、湖面を指差して田子倉集落の風景を説明したんです。神社もあったし、お寺もあった、川が流れていた、小高い丘があった、大きな桜の木があった、家がたくさんあった、学校もあった、墓地もあった――、美しい村が発電ダムによって沈められてしまった。豪雪地帯でありながら、雪のない季節に採れる山菜や川魚で生計を立てていた人々の慎《つつ》ましやかな暮らしが、高度経済成長を遂げようとする首都圏への送電のために犠牲にされてしまった。子どもの頃に母と共に見下ろした田子倉ダムと、原発事故によって「警戒区域」となった福島の相双《そうそう》地区が、自分の中で重なったんです。ダム湖に沈んだ田子倉集落は、渇水するか潜水するかしないと見ることは出来ないけれど、原発から二十キロ圏内の町は「警戒区域」に指定される前だったら見ることが出来る。そう思い、封鎖される前日、二〇一一年の四月二十一日に原発周辺地域を歩いてみたんです。

山折　まず行って、自分の目で見てみて、何らかの支援の手を差し伸べたいと思うようになったわけですね。

柳　そう順序立てて考えたわけではないです。あまりにも悲惨な現実を目《ま》の当《あ》たりにしてショックを受け失語状態に陥り、何と言えばいいのか、感情で感情が薙《な》ぎ倒《たお》されたような……それでしばらく、書くことも読むことも出来なくなってしまった。でも、とにかく、当時暮らしていた鎌倉から通い続けたんです。

二〇一一年の暮れ、大晦日に南相馬《みなみそうま》に行って年を越しました。地元の方々が除夜《じょや》の鐘《かね》を撞《つ》き、初詣《はつもうで》をする七つの寺社を巡って、手を合わせるみなさんの背中に手を合わせて、今年からは人と関わろうと決意を固めました。
そして、二〇一二年の元日に、原町《はらまち》のファミレスで南相馬の臨時災害放送局の今野聡《こんのさとし》さんと会い、住民のみなさんのお話を伺う「ふたりとひとり」という番組（二〇一二年三月十六日〜二〇一八年三月二十三日／南相馬ひばりエフエム／毎週金曜日放送の三十分番組／三百組約六百人が出演）を担当することになりました。「ふたりとひとり」第一回の収録前に行った南相馬での初仕事は、二〇一二年一月九日の成人式に参加する新成人へのメッセージでした。わたしのメッセージは会場で配布され、ラジオではわたし自身が読み上げたメッセージが放送されました。

わたしが東日本大震災の沿岸部を歩いたのも、三月十一日の一ヶ月後でしたから、ちょうど柳さんが訪れたのと同じ時期です。わたしは京都におりますので、伊丹《いたみ》空港から山形空港に飛んで、山形空港から車に乗せてもらって仙台に向かい、東松島《ひがしまつしま》、石巻《いしのまき》、気仙沼《けせんぬま》——、凄《すさ》まじい破壊の状況を見て歩き、本当に言葉にも声にもならなかった。

僅《わず》か三日間の旅でしたけれども、滞在中はずっと晴れ渡っていましてね。海が静かに凪《な》いで、沖合の島がきれいに浮かんで見えるんですよ。振り向くと、瓦《が》礫《れき》の山の彼方《かなた》に美しい山並みが姿を見せている。これほど凄まじい破壊の威力を見せつける自然が、これほど美しく優しい姿を見せてくれる。この地で家や町や家族や友人を失った方々の悲しみや苦しみは筆舌《ひつぜつ》に尽くし難いですが、最終的に救われるとしたら、やはりそれは、この自然の美しさなのではないかと直感しました。

数千年、数万年前から、地震列島といわれるこの島国で暮らす人々は、壊滅的な打撃を何度も受けながら、命を子孫に繋《つな》いで来たのだ——、そんなことを考えながら歩いていたら、突然ある歌が浮かんで来た。歌詞は『万葉集』に載っている大伴家持《おおとものやかもち》の歌です。

「海行《うみゆ》かば　水漬《みづ》く屍《かばね》　山行《やまゆ》かば　草生《くさむ》す屍　大君《おほきみ》の　辺《へ》にこそ死《し》なめ　かへりみは　せじと言立て」

日本の敗戦時、わたしは旧制中学の二年生でした。中途半端な軍国少年から、中途半端な民主主義少年に転向した、価値観を根本からひっくり返されるという体験をした世代です。「海行かば」は、太平洋戦争が始まった小学校四、五年の辺りから毎日のように聞かされた歌です。それだけに意識の底には流れていたと思うのですが、戦後は禁じられた歌なので、声にしたことはなかった。東日本大震災の津波跡地を歩きながら、隠されてきた歌が体の底から吹き上げて来た。

「海行かば　水漬く屍　山行かば　草生す屍」

大伴家持は屍だけを歌ったのではない、そう思ったんです。家持は、亡き人の屍から魂が抜け出して海に漂《ただよ》い、山に鎮《しず》まるという、その魂の行方《ゆくえ》を眼差《まなざ》していた。それは、家持のみならず、万葉人に共有されていた死生観だったのではないでしょうか。現前しているのは屍で、その死に打ちのめされてはいるのだけれども、死者の魂が海に放たれ山野に宿るというところに救いがある。美しい海や山の風景は、死者たちから与えられる恵み、恩恵なのではないのかと、ふと思った。ところが、我々現代人は、魂の存在を信ずることが出来なくなってしまった。

柳　山折さんがお書きになっていましたが、死者を送り出す時に「告別」という言葉を使い、「葬送」という言葉を使わなくなった。高度経済成長期の辺りから、死者を「弔《とむら》って送る」というイメージが薄れ、ただ「別れを告げる」ことになっていった。

山折　「葬送」というのは、死者の魂を送ることですよね。どこに送るのかというと、浄土や天国や天にです。「葬送」から「告別」への変化は、現代人が魂の存在を信じられなくなってしまったことの表れなのではないでしょうか。亡き人にただ別れを告げるだけでは、それはもう立ち止まって絶望する以外にないわけですよ。

柳　魂の存在を信ずるか否か、人の魂は死後どこへ行くのかという問いは、東日本大震災で多くの人が亡くなった東北沿岸部の人々にとって非常に切実です。

宗教とは、人間の存在に対する問い掛けから始まる

柳　わたしが担当した南相馬臨時災害放送局の「ふたりとひとり」の「ふたり」は地元住民です。夫婦、師弟、級友、同窓生、兄弟姉妹、会社の同僚、隣近所の人、ありとあらゆる「ふたり」の自宅や学校や会社を訪ねて、お話を伺いました。

番組収録では話されないいんですが、収録前後によく聞くのが、幽霊を見たり、亡き人の声を耳にしたという話です。南相馬では、海沿いの国道六号線まで津波が襲来し、六号線から海側の集落が流された地域が多い。夜、仕事帰りに車

で六号線を通っていると、何人もの白い人影が六号線を横断して高台を目指して走って行くのを見たという話や、海側から男の子が六号線に飛び出し、一人で（津波で突き抜けた）中古車の販売店に入って行ったという話。夜、道に飛び出してきた人を車ではねたけれど、車から降りてみたら人がいない。田んぼに落ちたのかもしれないからすぐに来て欲しい、と警察への通報が相次ぐ場所がある。警察に電話をすると、「どこですか？」と訊《たず》ねられ、場所を言うと、「それは人ではなく、幽霊です」と伝えられた。今まで同じ場所で何件も通報があり、現地に行って調べても何も見つからない、と――。

単なる噂ではなく、ご家族を亡くされた方の中にも幽霊の話をする方がいます。そういう話に対して、宗教者はどのように接しているんでしょうか？

三陸沿岸各地でそういう現象が起こっているということは、二〇一二年くらいからさまざまな報告がされるようになりました。それで、宗教者もこれは大きな問題だと気付き始め、そのための研究会まで開かれるようになった。

わたしの故郷は岩手県の花巻ですので、遠野のすぐ近くです。『遠野物語』に出て来るんですよね、幽霊の話が。『遠野物語』のみならず、あちらこちらの昔話にも出て来る。死に別れたものの「死者の声を聴きたい」という痛切な思いが、死者の世界からのメッセージを受信するということはあるかもしれない。鳥の囀《さえず》りを耳にしても、「あぁ、あれは亡くなった父親の声だ」と感ずる。奈良時代の行基菩薩《ぎょうきぼさつ》の歌にも「山鳥のほろほろと鳴く声きけば父かとぞ思ふ母かとぞ思ふ」というのがある。鳥が鳴いても、風が吹いても、雨が降っても、その音や気配を死者からの何らかのメッセージとして感知する。その感覚は、日本古来の信仰心に関わりがあります。

青森県の下北半島にある恐山《おそれざん》。そこは死者が訪れる山ということで、七月の大祭になると、その年に死んだ人の遺族がやって来て、イタコの仏降《ほとけお》ろしの声を聴く。イタコの後継者不足で、今では風前の灯《ともしび》だと聞きますが、二〇一一年三月十一日以降、津波による死者の声を聴きたいと、イタコのもとを訪れる東北人が増えていると聞きます。

実は、わたしも恐山に行って、亡き母親の魂を降ろしてもらったことがあるんですよ。

柳 山折さんは、お母様が降りて来たと感じられましたか?

山折 わたしは、一宗教研究者としての意識を持ちながら仏降ろしに行きました。恐山に到着すると、テントを張って仏降ろしをしているイタコが十人くらいおいでになりました。彼女たちの前に数十人が列を成して待っている。一人終わって前に進むでしょ。亡くなった人とはどういう関係か？　生年月日は？　命日は？　等々の問答《もんどう》が聞こえてくるわけです。で、数珠《じゆず》をこうやって揉《も》んでね、十分か十五分で仏降ろしは終わって、二、三千円の謝金の受け渡しをする。それを見聞きしながら順番待ちしているうちに完全に白《しら》けてしまうんですよ。わたしは端《はな》から信じちゃいなかった。ただ、宗教学者として、どういう手順でやるか、その形式だけを知りたかった。

そんな心持ちで自分の番になり、イタコと差し向かいになりました。イタコが添え文を唱えながら、わたしの母親の仏降ろしを始めました。そうすると、わたしの意識が変化するのを感じました。イタコの声が、もしかすると亡き母親の声かもしれないと耳を傾けるんですよね。人間は、理性的に生きているつもりでいても、危機的状況に陥れば理性の回路は壊れるし、感情によって理性が緩《ゆる》んで隙間が生じることがある。その隙間から、理性や日常における知覚の範囲を超えた異なるエネルギーが侵入して来る――、そういう体験をしました。

わたしは、自殺者の遺族たちが密《ひそ》かに恐山を訪れ、イタコの仏降ろしを聞いているということも耳にしました。そのことをどう考えるのかは、三月十一日に津波で亡くなった死者の幽霊の目撃話をどう考えるのかという問題にも通じます。

わたしが東日本大震災からずっと考えているのは、地震という災害の本質とは何か？　人間に対して与えた問いとは何か？ということです。地震という災害には本質的に宗教的な契機《けいき》が含まれているということを感ずるようになった。阪神・淡路大震災の後には、地震は研究や科学が進めば、いつかは予知出来るはずだと多くの人が考えていた。科学者自身もそう考えていたし、メディアもそう考えていた。国もそれを前提にして政策を立てて来た。しかし、十五年が過ぎても、依然として地震が予知出来るようになったという発表はない。多くの日本人が心の奥底で、果たして地震は予知出来るのか？という不安を持っていたと思いますよ、科学者も含めて。そして、地震予知など不可能だということを眼前に突きつけられたのが、二〇一一年三月十一日だった。不可能だということを地震学会が正式に認めたし、国も地震発生の確率予測しか出来ないということを認めた。さぁ、我々はどう対処するかという段になって、もちろん避難計画を立てたり避難訓練を行ったり防災意識を高めたりすることは必須なんですが、同時に、「地震とは何か？」について考えなければならないところにまで来たと思います。

いつ起こるかわからない。どこで起こるかわからない。どのくらいの大きさで、どのような被害が生じるのかわからない。どこにどう逃げていいかわからない。自分の命や家族の命を救うことが出来るのか出来ないのかもわからない。地震が人間の存在自体を根源的に脅かす災害なのだとしたら、それには宗教的な契機が含まれているわけです。何故なら、宗教とは人間の存在に対する問い掛けから始まるからです。

日本人の宗教観は揺れる大地の上で育《はぐく》まれた。その核となるものは「無常」です。そのことに気付いていたのが、物理学者、随筆家、俳人でもあった寺田《てらだ》寅彦《とらひこ》です。昭和十年頃、七十年以上も前の話ですよ。寺田は「天然の無常」という言葉を使っています。

柳　三月十一日に身内を津波で奪われた方々は、悲しみや苦しみで心を引き裂かれた後の歳月によって無常を感じていると思うのです。

津波で両親を亡くした女の子がいます。彼女は、父親の弟夫妻に引き取られて生活しています。最初は、風呂の水を見ても泣き叫ぶような精神状態でしたが、少しずつ、当時のことを語るようになったと言います。あの日、子どもたち三人（四歳と三歳と二歳）を高台に避難させた父親は、足の悪い母親を助けに坂道を駆け下りました。子どもたちの目の前で津波に呑まれてしまった父親は、最後に「生きろ！」と叫んだそうです。

両親の三回忌を終えた頃のことです。六歳になった長女が、テレビで京都の三十三間堂《さんじゆうさんげんどう》が「亡くなられた方に似た顔の観音像《かんのん》が必ず見つかる」と紹介されていたのを観て、養父である叔父に、「ここに行きたい」と言ったそうです。それで、家族五人で三十三間堂に行きました。堂内には、千体もの千手観音像が安置されています。彼女は一体一体の顔を背伸びをして見て、父親と母親の顔を探し始めました。一時間して、母親に似た千手観音像を見つけます。閉館の時間が迫っていたし、彼女の妹はまだ四歳なので、叔父のTさんは「あれ、似てるんじゃない？」と適当に指差しましたが、彼女は「違う、パパはあんな顔じゃない」と真剣な面持《おもも》ちで探し続ける。四時間近くかけてようやく、「パパだ！」と見つけたそうなんですが、そのただならぬ気配に「どこから来たんですか？」と訊ねた僧侶に、「福島です」と言って、彼女は号泣したそうです。六歳の女の子の堪《こら》え難《がた》い悲しみの中で培われていた無常観――。

あるいは、仏教に宿る根源的な意味を感じ取っていたということですよね。今

柳　お話を伺って思い出したのは、溝口健二《みぞぐちけんじ》の『西鶴一代女』です。

山折　あぁ！　大好きな映画です。『西鶴一代女』についてのエッセイを書いたことがあります。田中絹代《たなかきぬよ》が五百羅漢《ごひやくらかん》の顔を眺め、自分と関係のあった男たちの顔を思い出すシーンですね。

田中絹代演じる遊女がね、もの凄い男遍歴をするわけですね。そして、その度に悲劇に襲われて転落していく。男たちの顔が蘇って仏の顔に重なる。そこには人間に対する限りない絶望、それゆえに輝く光、この両面が実に見事な陰影で描き出されている。仏教的な言葉を使えばカルマ・輪廻転生《りんねてんしょう》だ。人間の業というものの恐ろしさが表現されているんです。あれはやっぱりハリウッドでは創れないでしょう、フランスでも創れない。

柳　そもそも光と闇は対立するものではないんです。影も太陽の位置によって移動していく。『西鶴一代女』は、その境目が柔らかいというか、光と闇の変動を描いているのではないかなと思いますね。

死ぬことが即ち生きることという「死生観」

柳　山折さんは、自分の死亡記事を書くという雑誌の企画で、葬儀をあげない、お墓を作らない、散骨にする、とお書きになっていますよね。実はわたしも同じ考えなんです。告知もして欲しくない。死後一年くらいすると担当編集者の中には、柳さん、この頃書いてないよね、元気にしてるのかな？と気にする人も出て来ると思うんです。

山折　忘却の内にすーっと消えて行く、そんな風に死にたいですね。でも、柳さんは、まだまだ若い。

柳　近世の平均寿命は五十代ですよね。わたしが十六歳から三十一歳まで人生を共にした東由多加の享年も五十四です。そう考えると、わたしは晩年を生きているということになります。

山折　「人生五十年」があっという間に「人生八十年」に繰り延ばされてしまった。人生五十年時代の人生の指標はいったい何だったんだろうと考えた時に、「死生観」という言葉に行き当たります。「死生観」という言葉は、「死」が「生」の前に出て来るんですよね。仏教の中でそれを逆転させて「生死《しょうじ》」と言う場合もありますが、日本人の肌に馴染《なじ》んだ言葉としては、やはり「死生観」ですよね。「死」と「生」が同じ比重で捉えられている。「死生観」という言葉の背後には、死を覚悟して生きる、死ぬことが即ち生きることなのだという思想が控えています。「人生五十年時代」の日本人は、日々の暮らしの中で自分の死を眼前に見詰めていたはずです。四十代に差し掛かると、「いつ死が訪れてもいいように覚悟をしなさい」という声を聞き、五十歳を過ぎると、「死に支度を整えなさい」と。ところが、あっという間に「人生八十年」になってしまった。その間に何が日本人の関心事になったかというと、老《お》いと病《やまい》、それに付随する貯蓄や年金の問題です。「生老病死」の中身たるや、本来の釈迦《しゃか》の考え方とは全く違うものに変質している。

「人生八十年時代」の人生設計は、重度の認知症になろうが、寝たきりになろうが、長く生きよう、いや、本人の意思とは関係ないところで、可能な限り長く生かそうという考え方に立脚している。そこには、生き方のモデルは無い。「人生五十年時代」の「死生観」という言葉の中には凜《りん》として生きる、生き方の

柳　筋道がありましたよ。

山折　死生観の「死」が脇に追いやられた結果、「生」の在《あ》り方が見えなくなってしまったということですね。

柳　今や「人生百年時代の国家戦略」などという言葉も飛び交い始め、「生きろ、生きろ、生きろ」の大合唱です。でも、だからこそ、柳さんが二十七歳の時に出版した『自殺』の中の「死を間近に見ることから、生を考え直す」、「死を忌避するのではなく、人生の中に明確に位置付ける」という言葉が大きな意味を持って来る。

子どもの頃に、メーテルリンクの『青い鳥』を読みました。チルチルとミチルの幼い兄妹が、幸せの青い鳥を探していくつもの世界を訪ねるんですが、「思い出の国」で死者であるおじいさん、おばあさん、兄弟たちが暮らす家を訪ね、みんなで楽しくごはんを食べる。おばあさんは、わたしたちは生きている人たちが会いに来てくれるのを待っている、と言うんですね。人生を終えて眠りに就く。でも、誰かが思い出してくれさえすれば、いつでも眠りから目覚め、再会することが出来る。だから、もっと思い出して欲しい、と——。

好きな物語だったので、何度も繰り返し読みましたが、死者の在り方に対して、子供心に違和感をおぼえたんです。死者は、生者が思い出す時以外は眠っている、というような生者にとって都合の良い存在ではないのではないか？　死者は別の姿形に変化してこの世に遍在し、死者の側から生者を訪れる、何かを知らせる場合もあるのではないか、そう思うのです。

山折　わたしは、同郷（岩手県花巻）だということもあって比較的若い頃から宮沢賢治の作品を読んできたんですが、一つの謎があったんですよ。それは、賢治の作品の中に吹いている「風」です。

詩集『春と修羅』では、一ページ目から風が吹き始めている。人間の喜怒哀楽を示すような風も吹けば、地獄修羅の風も吹く。天上の彼方から神の如き風も吹いて来る。とにかくさまざまな風が吹いているのです。『風の又三郎』では、風が吹いて物語が始まり、風が吹いて物語が終わる。『注文の多い料理店』もそうなんですよね。山に入って、「腹が減ったな」と言うと、冷たい風がすっと吹く。『銀河鉄道の夜』も、そう。

賢治にとって風とはいったい何なのか？　ある時、あぁと思い付いたんです。賢治の二歳下の妹・とし子（本名は「宮澤トシ」だが、賢治は作中で「とし子」と呼び掛けている）は、二十四歳の若さで死にます。最期まで賢治が看病しましたが、妹が息を引き取った晩から、賢治は「永訣《えいけつ》の朝」「松の針」「無声慟哭《むせいどうこく》」を書き始める。とし子の命日は十一月二十七日。半年の間、賢治は詩作をしませんでした。そして、翌年の七月、たった一人で北海道や樺太《からふと》を旅しながら亡き妹を追慕《ついぼ》する「オホーツク挽歌《ばんか》」を書きます。オホーツクの海の彼方で湧き上がる雲の姿を眺めている時に、風がさーっと吹き、そこにとし子が立っている。「あぁ、賢治はやっぱり、とし子の魂《たま》よばいの旅に出たんだ。とし子に会うために旅に出たんだ」そう思った時、風の謎が解けたような気がしました。宮沢賢治作品における風というのは、死者からの便りなのだ、死者と生者の間を行き来し、両者を繋ぐ役割を果たしているのが風ではないのか、と。宮沢賢治という詩人は、生来、風のように死者を感じ、死者の影を帯びながら生きた。しかしそれこそが、詩人というものに欠《か》くことの出来ない資質なのではないでしょうか。

宮沢賢治が誕生した一八九六年には死傷者三万六千名以上の被害をもたらした明治の三陸沖地震が起き、没年の一九三三年には死傷者四千名以上の昭和の三陸沖地震が起きています。明治と昭和の三陸沖地震の間に生きた賢治は、深刻な飢饉《ききん》で農村が疲弊《ひへい》する様を目の当たりにしたわけで、そういった背景も無視することは出来ません。

時と共に薄れ消え入るのではなく死者の声は響き続ける

柳　臨時災害放送局「南相馬ひばりエフエム」の「ふたりとひとり」には、牧師、神職、住職などの宗教者の方にも出ていただいています。原発事故の最中、避難しないで焼き場につめて、次々と荼毘《だび》に付される津波の死者に、宗派を越えてお経を唱え続けていたという僧侶が何人かいらっしゃいます。家族だけは避難させて、自分は死者のために残った、と――。

同じ宗派の寺のご住職の訪問を受けて、思わず「今日は一緒に寝てくれませんか」と頼んだというご住職がいます。毎日、ご遺体ばかり目にしているので、体温というか、生きている人の肌の温《ぬく》もりを感じたかった。「えっ、ちょっとそれは」といったんは断られるのですが、「いや、隣に寝ていてくれればいいから」と頼み込んで、二人で一つの布団で一夜を明かしたといいます。

中には、損傷が激しくて性別や年齢がわからないご遺体や、体の一部分だけの場合もあり、お経をあげることを躊躇《ちゅうちょ》したこともあったそうです。さっき茶毘に付した体の一部かもしれない、と。そのお二人のお話を収録したんですが、宗教者の方もまた極限状態にあったんです。

山折　極限状態になると、宗教者であるか宗教者でないかは、あまり大きな問題でなくなるのかもしれませんね。裸の人間になってしまう。想像を絶するような悲惨さを目の当たりにしたり、身を引き千切られるような痛苦に遭遇した時、その痛み、苦しみ、悲しみから解放されるためには何が必要なのか？　最後は、やはり、言葉ですか？

柳　絶句した後に、いかなる言葉も続かない出来事、言葉で表すことが相応《ふさわ》しくない出来事、自分の内側から言葉の形で持ち出すことを憚《はばか》られる出来事は、やっぱり在ると思うんです。自分の四十五年の人生の中にも、いくつか在ります。このことは宗教の側からすると、「叫び」あるいは「祈り」と、つい言いたくなるんですよね。叫びと祈りが、やがて言葉になる、と。ただ、それは容易なことじゃない。当事者の沈黙に匹敵する言葉を持ち得るのか？　東日本大震災では、文学者も宗教者もその問題に直面せざるを得なかった。

山折　叫びというのは、動物の吠える、唸《うな》るという声に近い。痛み、苦しみ、悲しみを真っ直ぐに表し、そこに嘘はない。叫びは、当事者の口から飛び出すこと

柳

が多く、それがそのまま助けや救いを求める声にもなります。ところが、叫びのレスポンスとして祈りの言葉を発してしまうと、たちどころに嘘っぽくなるのではないかと不安を感ずることがある。しかし、当事者の痛苦や悲しみと通じる通路は、祈りにしかないわけです。

先程、賢治の「オホーツク挽歌」の話をしましたが、『万葉集』の中には「挽歌」が、「相聞《そうもん》の歌」に匹敵するくらいの量あるんですよ。『万葉集』の「挽歌」で歌われているのは、旅の途《みち》で事故に遭《あ》って死ぬとか、戦死とか、天災で命を失うとか、政治的な事件に巻き込まれて殺害されるなどという非業の死が多い。

東日本大震災でも、時間は掛かるかもしれませんが、優れた「挽歌」が生まれ、人々の悲痛を癒《いや》すのではないか、とわたしは考えています。

「ふたりとひとり」では、毎回ゲストの方に一曲リクエストをいただいています。世代を問わず最も多くリクエストされるのが「故郷《ふるさと》」なんです。一九一四年（大正三年）第一次世界大戦が勃発した年に生まれた唱歌《しょうか》で、作詞の高野辰之《たかのたつゆき》と作曲の岡野貞一《おかのていいち》はクリスチャンだと伝えられています。日本では珍しい三拍子なのは、岡野が十四歳のころ毎週日曜日に教会でオルガンを弾いていた影響だと指摘されています。東日本大震災後、これほど多くうたわれた歌はありません。原発事故で突然故郷を追われた方々にとって、「故郷」の三番の「志《こころざし》を果たして　いつの日にか帰らん　山はあおきふるさと　水は清きふるさと」という歌詞は胸に堪《こた》えます。原発事故によって「あおき山」も「清き水」も汚染されてしまった。「帰還困難区域」の住民にとっては、「いつの日にか帰らん」という思いを遂げられるのは、もしかしたら、自分の死後になるかもしれない。肉体は滅びて魂のみになったとしても、いつかは故郷に帰る――。

福島第一原子力発電所から五キロ地点の大熊町《おおくままち》に福島第一聖書バプテスト教会がありました。原発事故の三年前（二〇〇八年）に新しく建て替えたばかりだったそうです。牧師と副牧師に「ふたりとひとり」にご出演いただきました。お二人は各地を転々としながら、身寄りのない信者らと共同生活を行いました。国内外から寄付が集まり、二〇一三年五月十一日に、いわき市に新しい教会と宿泊施設が完成しました。わたしは献堂式に参加しました。先の見えない避難生活の中で誰とはなしに歌い出したのが、「故郷」だということでした。献堂式では、賛美歌ではないんですが、「故郷」をみんなで歌って泣き、わたしも歌おうとしたけれど涙で声が崩れて歌えませんでした。「故郷」があれほど心に響いたことはありません。

○4○

山折　「国破れて山河あり」ですよね。国が破れても、山河だけは残る。もう一曲、危機や破滅や喪失に直面した時に心に流れる歌を挙げるとしたら、「夕焼け小焼け」ではないでしょうか。日本全国の自治体で、夕暮れ時に防災行政無線の試験放送で音楽を流しますよね。一番多いのが「夕焼け小焼け」なんだそうです。

柳　鎌倉でも「夕焼け小焼け」です。

山折　この前、東京に行ったら、港区でも「夕焼け小焼け」でした。夕焼け、落日への思いというのは、これはやっぱり千年の伝統があって、死者の魂が鎮《しず》まる世界は落日の彼方にある。太陽はしばしば山に沈んでいく。落日の様に自らの人生の終焉《しゅうえん》を見て、我またこの山に帰らん、自然の中に憩《いこ》わん、という。

柳　落日の中にも死者の声は響いている。風の音にも、波の音にも、鳥や虫の声にも、むしろ聴く耳があれば賑《にぎ》やかなほどに。死者の声というのは時と共に薄れ、いつか消え入るのではなく、響き続けるものなのではないでしょうか。

山折　わたしは日本人の宗教、信仰というものは、一神教を信じる人々とは異なり、感ずるところに在ると思っています。神の存在を信ずるか信じないかではなく、自然の中に神々の声、仏たちの気配を感じる。

今の季節でいうと、「裏を見せ　表を見せて　散るもみじ」ですよね。死を前にした良寛《りょうかん》が愛弟子《まなでし》である貞心尼《ていしんに》に呟いた別れの歌です。

ふと思ったんですが、柳美里さんのラジオ番組の「ふたりとひとり」というネーミングは、とても良いですね。「ふたりとひとり」の「と」が、いい。三人一緒になるのではなく、二人の地元住民と柳さんの間が見える。

お話を聴く上で、わたしは隔たりが必要だと思ったんです。他者と差し向かいになり、他者から出発する声を自分が受け止めるには、隔たりが大切だ、と。三人で話すのではなく、あくまで語り手は二人で、わたしは聴き手だという則《のり》、倫理が「と」なんです。

柳

（二〇一三年十一月三十日）

第二夜

死を媒介にして繋がることを感じ取る命

柳　前回、山折さんとお話ししたのが十一月なので、五ヶ月が経ちました。京都にはもう十回以上来ていますが、いつも仕事で、仕事が終わるとすぐに帰ってしまうんです。わたしは高校を一年で退学処分になったから、修学旅行に参加出来なかった。確か京都だったはずです（笑）。

前回、四歳の時に津波で両親を亡《な》くした女の子が三十三間堂に行って、お母さん、お父さんに似た千手観音を見つけたという話をしました。今回、わたしも三十三間堂に行ってみたんです。拝顔《はいがん》とか拝眉《はいび》という言葉がありますね。日本人は、他人の顔をじっと見ることを避ける。

山折　老若男女問わず、目と目を合わせて話をすることに苦手意識を抱いている日本人は多いでしょうね。

柳　子どもの頃、親に不躾《ぶしつけ》に人の顔を見てはいけませんと教わりますよね。演劇やコンサートなどは別にして、目の前の人の顔を何分間も見詰めることが出来るでしょうか。相手が恋人や友人だとしても、意外と三十秒も持たずに目を逸《そ》らしたくなるんじゃないですかね。

例外があるとしたら、赤ん坊の顔と死に顔です。わたしは初めての子を産んだ三ヶ月後に伴侶《はんりょ》を失い、赤ん坊の顔と死に顔を上からじっと見下ろすという経験をしました。三十三間堂で九百九十六体の千手観音像の顔を見て、あの時の感覚に近いなと思ったんです。一つの顔を見ている時間はそう長くはなかったんですが、ずっと同じ顔を見ているような不思議な感覚がありました。

津波で両親を失った女の子の話に戻ります。父親の弟夫妻が三人の子どもたちを引き取って育てているのですが、弟のTさんは、葬儀の際に子どもたちにご遺体を見せるという決断をしました。一ヶ月後に見つかったお母さんは比較的きれいな状態だったんですが、半年後に発見されたお父さんはかなり損傷が激しい状態だったそうです。

死に顔というのは、強い印象を与えます。わたしは、伴侶と十五年の歳月を共にしました。数え切れないほど顔を合わせたはずなんですが、いま脳裏に浮かぶのは白布をめくって眺めた死に顔で、生きていた時の顔が思い出せなくなってしまった。夢の中に現れる時も、いつも死に顔です。その女の子が、三十

山折

三間堂の千手観音像の顔と記憶の中の両親の顔を照合しようとした時、それは生前の顔だったんだろうか、死に顔だったんだろうか……

仏像というのは、よく見ると不気味な表情をしているんですよね。理想的な、美しい顔だということになっている。しかし、仏堂に籠《こも》って一対一で対面するとなると、阿弥陀《あみだ》にしても薬師《やくし》にしても非常に不気味な表情をしている。

日本の仏の表情というのは、だいたい半眼《はんがん》です。これが、不気味さの根源ですよ。たとえば、古代インドのガンダーラの仏像みたいな、両目をぱっちり見開いている仏はそんなに不気味じゃない。古代ギリシャのアポロン神の立像とそう変わりない。半眼の彫刻というのはヨーロッパにはありません。ヒンドゥー教の神像の目も大きく見開かれている。道教もそうだな。仏像もね、涅槃《ねはん》像のように、その目を完全に閉じていれば、既に極楽浄土に旅立っている感じがして見る者に不安感を与えません。しかし、半眼っていうのは与えるんですね、不安感を。

わたしの父親が亡くなった時のことです。もう長くないとわかってから、一週間ほど付き添って看取《みと》ったんです。毎日じっと顔を見ていると、目を開いたり閉じたりしながら段々と衰弱していく。それは、今の言葉でいう目力が衰えていく過程なわけです。何も見ていなそうなのに、目ん玉をギョロッと動かすこともある。その時、父親は半眼でした。

人間は死《し》に行《ゆ》く時、やはり開眼から半眼、最後は平眼というプロセスを辿る。日本人はどうも完全に死んだ状態ではなく、徐々に死へと近付いていく、そういう過程の中で死を捉える傾向にあるようですね。もちろん、半眼の仏像はインド、中国、朝鮮半島にもありますが、半眼の凄い仏像は日本に多いんですよね。

戦後まもなく、下山事件、三鷹事件、松川事件が起きました。国鉄を巡る真犯人不明の事件で多くの人が亡くなった。それらの事件で検視を担当した法医学者の論文がある雑誌に掲載されたんですね。事故や殺害によって瞋恚《しんに》を含んだ、あるいは悲しみに充たされた死者の顔は仏像の顔に非常によく似ていると、双方の顔の写真を並べていました。わたしも見ましたが、実によく似ていた……

柳

二〇〇一年頭に山折さんと宇治の平等院鳳凰堂でお話しした時、わたしは東由多加を看取ってまだ一年も経っていませんでした。本尊の阿弥陀如来坐像の前で、やはり半眼の話になった。東が半眼で亡くなり、指で何度瞼《まぶた》を閉じても開いてしまう。みんな、東さんは未練があるんだね、と話していました。柳さんと丈陽《たけはる》くん（二〇〇〇年一月に生まれた柳の息子）と三人で暮らしたかったんだね、と。

山折　三十三間堂の千手観音像を彫った仏師たちにインタビューすることは出来ませんが、きっとさまざまなタイプの人間の顔を表現しようとしたのではないでしょうか。時には生き生きとした人間の顔を思い浮かべたかもしれない。一方で臨終の顔も思い浮かべたかもしれない。平安時代ですから、病や事故で若くして亡くなることも多かったはずだ。自分の生死の体験をベースに彫るということもあったんじゃないかと思います。

柳　家族や親しい人に囲まれて顔を見られるのは、臨終と誕生の時です。死に行く人も生まれたての人も仰向《あおむ》けに寝かされて、よく顔が見える。どちらの経験も人生の中では記憶に残らないわけですが、たくさんの顔と顔を合わせる晴れの時ですよね。その顔が泣いているか笑っているかの違いはありますが——。赤ちゃんは、みんなに顔を覗き込まれて、お父さんに似てる、いや、目元なんかお母さんにそっくり、顔の輪郭はおじいちゃんだよ、などと言われる。

山折　そこから、生死を繰り返す輪廻思想なんていうものも生じるわけです。死を媒介《ばいかい》にして命が繋がることを感じ取るという意味では、信仰にとって顔というものは重要でしょうね。

柳　輪廻と言えば、南相馬で不思議な話を聞きました。ある一家に生まれ変わりの印を持つ人がいるという噂を聞いて、そのお宅に伺ったんです。九十歳のおじいさんが自宅で介護されていて、その方の祖父が息を引き取る直前に、自分は三人の男の子孫に生まれ変わる、自分の生まれ変わりだと一目でわかるように印《しるし》を付けると言って墨《すみ》を持ってこさせたそうなんです。硯《すずり》で墨をすって枕元に置いたら、指を墨に浸して自分の首の後ろに印を付けて絶命したそうです。

九十歳のおじいさんには生まれつき首の後ろに痣《あざ》があるということで、シャツをまくって見せていただいたら、首の後ろに指で墨をなすり付けたようにしか見えない痣があった。実は、彼の孫の小学生の男の子にも背中の上の方に同じような痣がある。最近生まれたお孫さんにも、男の子なんですけど、やはり首の付け根辺りに墨の指の痕がある。九十歳のおじいさんと九歳のお孫さんの顔がびっくりするくらいよく似ていました。きっと墨の印を付けたおじいさんも、そっくりな顔をしていたんでしょうね。

山折　それは、輪廻転生の一つの根拠になるかもしれませんね。

身をよじって悩みもだえる人と苦しみと悲しみにじっと耳を傾ける人

柳　山折さんの『能を考える』（二〇一四年）という本を読ませていただきました。冒頭で能におけるワキの僧の存在が書かれています。

「一切ものをいわずに聴いている」「身をよじって悩みもだえる人と、その苦しみと悲しみにじっと耳を傾けて聴いている人が、いわば裸の姿で向かい合っていた」

この言葉に胸打たれました。わたしは「ふたりとひとり」というラジオ番組で、聞き役に徹していますから。

山折　傾聴《けいちょう》ボランティアという役割がありますよね。「悩みや悲しみや苦しみや痛みを抱えた人の話に耳を傾けて、一心に、熱心に聴く」。傾聴の重要性は、心理学や精神医学の分野で指摘されています。それはもう、世阿弥《ぜあみ》が活躍した室町前期から気付かれていたわけですよね。悩みを持つ人間の口説《くど》きをじっと聴いているワキの僧が創造されていた。世阿弥の『夢幻能《むげんのう》』の主人公は亡霊です。亡くなった人間がこの世に再び姿を現し、生前の栄光の日々を思い出しながら不幸な運命を掻き口説く。ワキの僧は、それを身じろぎ一つせずに聴いている。亡霊は口説きに口説き、舞《まい》を舞って鎮《しず》められて退場していく。

柳　そして、まさにこれを柳さんは南相馬でやっておられる。

「ふたりとひとり」のことで新聞などの取材を受ける際に、必ずと言っていいほど、「話を聴き続けて、どうですか？」「住民の話を収録することの狙いは？」「話を聴くことで、柳さんの中で何が変わりましたか？」「話す前と話した後では、出演者に何か変化はありますか？」などと訊ねられるんですが、わたしは精神科医ではないし、カウンセラーでもないし、傾聴ボランティアでもない。効用や効果は説明出来ないし、ましてや自分の作品の取材のためでもありません。『能を考える』を読んで、あぁ、わたしはワキの僧なんだな、としっくりきたんです。ワキの僧の沈黙には意味がありますね。

山折　その沈黙というのは、問いに対する答えではない。答えようがない深い沈黙だ。その沈黙の深みは、悲しみを吐き出している者と、それを聴いている者との共鳴、共振から生み出される。口説きながら、口に出したところでどうにもならないということを知っている。聴きながら、聴いたところでどうにもならないということを知っている。そのどうにもならなさを共有する時に、もう沈黙以外に何も見つからないという状況が生まれるわけです。

柳　カウンセラーや精神科医は効用や効果に繋がる処方箋《しょほうせん》のような言葉を渡さないといけない。でも、能におけるワキの僧は、じっと黙っているだけですよね。

山折　臨床心理士の河合隼雄《かわいはやお》さんとは生前、日文研（国際日本文化研究センター）で同僚だったということもあって、親しくさせていただきました。今から三十年くらい前、わたしがまだ東京にいる頃、河合さんとある雑誌で対談をしたんです。河合さんは、自分のような臨床心理士の仕事は患者の言うことをじーっと聴くことから始まるとおっしゃっていた。自分には聴いて聴いて聴くことに徹することしか出来ない。そうしているうちに、悩みを抱えている人は、その悩みを自分の力で持ち上げて立ち上がって来る。聴くことが何よりも大事だ、と言われていました。

わたしは、「宗教家も悩みを抱えて訪れる人の話をじーっと聴く、聴いて聴いて聴き続ける。では、臨床心理士と宗教家の役割は同じなのか？」と訊《き》いたんです。そして、「もしも両者で違うところがあるとすれば」と、わたしは付け足した。「宗教家の場合には、最後の最後に方向性を示すことですかね」と。方向性を示すとはどういうことかという話になり、わたしは確信が持てないまま、「態度で示すということはあるかもしれませんが、最終的には言葉ですかね」と言いました。その時、河合さんは黙っていました。イエスもノーも言わなかった。

柳　この話は、河合さんが亡くなるまで解《かい》が見つかりませんでした。ときどきお目に掛かって長話になる度、いつもこの話が出ました。「これはふたりの共同研究のテーマになる」と言ってたんですよ。
わたしも今から十六年ほど前に、NHKの番組で河合隼雄さんと対談しました。『ゴールドラッシュ』（一九九八年）という作品を書き上げた直後でした。わたしが父親を殺害した十四歳の少年の沈黙の中に降りて行って書いたと話したら、「よく戻ってこられましたね」と河合さんは言ってくださいました。

深い沈黙の中に降りて行く時に現れる身体反応

山折　もう言っていいと思うんだけど、河合さんという人は、こうやって向かい合って話しているんですよ。ちょっとガタガタなんてもんじゃない、実に激しい貧乏揺すりをするんですよ。河合さんの教え子たちはみんな知ってます。講義なんかでね、河合さんが貧乏揺すりです。河合さんの教え子たちはみんな緊張すると言うんだね。学生たちにとっては、やっぱり先生だから怖いところもあるわけですよ。その貧乏揺すりによって師に対する尊敬と畏怖《いふ》の気持ちが強められるとでもいうのかな。わたしと話をする時、飯を食ったり酒を飲んだりする時は一切しません。でも、何かやっぱり込み入った話になると、揺すり始めるんですよ。貧乏揺すりをしながら話を続ける場合もあったし、話が途切れて貧乏揺すりだけが見える場合もありました。それで密《ひそ》かに、貧乏揺すりという言葉は英語にあるだろうかと調べたことがある。そしたらね、和英の大辞典では、nervous shaking of the bodyだった。体の神経的な動き。英語圏の人にはそういう受け取り方をされているということです。で、不思議に思うわけです。何故、我々日本人は、あの下半身を絶えず小刻みに動かすことを「貧乏揺すり」と名付けたのか？

常識的に考えると、それだけ緊張しているということです。大きな悩みを抱えている人の話を聴くというのは、やはり並大抵のことではない。全身で耳を立てて聴いている。心理療法士という立場上、その緊張や動揺を上半身あるいは顔には出しちゃいけない。患者の口から、どんなに悲惨な驚くべき話が飛び出したとしても、じっと聴いている。静かに聴いている。沈黙を通している。しかし、聴いている体は沈黙していないわけですよ。聴くことを仕事にしている心理療法士だとしても、一種の精神分裂、なんて言葉は使っちゃいけないのかもしれないけれど、心身分裂が起きているわけです。カウンセリングは、それほど苛酷な仕事なんだということです。そして、河合隼雄という人は、全身全霊でカウンセリングの仕事をなさっていた。

柳　カトリックの告解《こっかい》も、司祭はただ聴いていますよね。司祭は貧乏揺すりをしているんでしょうか？

山折　告解の場合は遮蔽物《しゃへいぶつ》があるから、司祭の肉体は曝《さら》さないで済むわけですよ。

柳　仮に司祭が貧乏揺すりをしていたとしても、信者から下半身は見えませんものね。

山折　何故、あの動作を「貧乏揺すり」と名付けたのかという問題が残りますね。日本語の貧乏は貧困とは違います。「貧乏人の子沢山」も「貧乏暮らし」も、必ずしもネガティブな意味だけじゃない。むしろ、それが誇りであったり、生きる支えであったりする。貧乏と貧困は区別しなければならない。

日本人って、貧乏話が大好きでしょう。NHKの朝の連ドラなんて、大抵貧乏話です。日本人だけじゃない。『おしん』なんかはアジア全域で大ヒットした。そこで重要なのが「貧乏くじを引く」という言葉です。一番不利なくじを引き当てる。最も難儀な役を引き受ける。トランプゲームだったらジョーカーを引き当てることですね。何かのために犠牲になる、犠牲的な仕事をする第一号になる、世間的な常識では損な役回りかもしれないけれど、そうじゃないんだ。貧乏くじを引く、自らが引く。貧乏くじに当たる、アタリなんですよ、ハズレじゃなくて。

去年（二〇一三年）の秋、わたしは河合さんを追悼する会で、やはりユング派の臨床心理士で、京都文教大学の学長を務められた樋口和彦《ひぐちかずひこ》さんと対談することになっていたんですが、その直前に樋口さんも亡くなられてしまった。それで、主催者から河合さんと樋口さんを追悼する講演をやって欲しいと依頼されました。その講演で貧乏揺すりの話をしたんですよ。河合さんの貧乏揺すりは、深い沈黙の中に降りて行く時に現れる身体反応ではないか、と。

貧乏揺すりの前にこんな昔話をしました。井筒俊彦《いづつとしひこ》さんがまだお元気だった頃ですから、三十年くらい前になりますね。フランスからラカン派の精神医学者ご夫妻をお呼びして、東京のプレスセンターでシンポジウムと講演会をやったんです（一九八四年日仏シンポジウム「日本の心・フランスの心」）。日本側は、河合隼雄さんと土居健郎《どいたけお》さんの基調講演。パネリストは井筒俊彦さん、木村敏《きむらびん》さん、湯浅泰雄《ゆあさやすお》さんで、わたしも末席に名を連ねていました。その時の、フランス人の精神医学者がおっしゃった言葉を追悼講演で紹介したんです。

統合失調症患者がジレンマに充ちた問いを掛けて来る。その禅問答に近い問いに直面した時、釈迦が出した回答の一つが沈黙である、と。それで、わたしは、おそらく沈黙をしたお釈迦さんも下半身を揺らしていたのではないか、釈迦の貧乏揺すりだ、と話したわけです。

その会の司会を務めていたのが、最相葉月《さいしょうはづき》さんでした。控え室に戻ると、最相さんに「やっぱり沈黙ですね。わたしもその深い沈黙に関心を持っています」と言われました。それで、最相さんの著書を読んでみたら、後半に河合さんのエピソードが出て来ました。河合さんはセミナーをやる時に、十人とか二十人の学生たちと役割分担する。飲み物を買いに行く人、お菓子を買いに行く人、夕食の食材を買いに行く人、それぞれ役割分担して、夜の会合を作り上げる。そ

柳

れでね、ここがやっぱり河合さんの凄いところなんですが、役割はくじ引きで決めると言うんですね。自分も一つくじを引く。で、河合さんも役割の一つを担う。コンビニやスーパーに買い物に出掛けるわけです。

最相さんとは、わたしも縁があります。一九九九年の冬、東由多加の癌治療が日本の病院では行き詰まりました。いわゆるエンドステージに入り、もうホスピスでペインコントロールをするしかないと主治医に宣告された。本人が座して死を待つのは嫌だ、治療を続行したいと強く要望するので、ニューヨークのメモリアルスローンケタリング癌センターで治験段階の抗癌剤を試みることになったんです。保険がきかないものですから、治療費は千五百万円以上かかりましたが、あちこちに借金をしまくってなんとか工面《くめん》しました。でも、わたしは臨月が近付き、国際線の飛行機に乗ることが出来なかった。

当時、わたしは『週刊ポスト』に「命」という作品を連載していました。担当編集者は飯田昌宏《いいだまさひろ》さん。飯田さんと最相葉月さんは夫婦です。それで、英語が得意な最相さんがニューヨークに付き添ってくださることになったんですが、渡航直前に、東が些《さ》細《さい》なことで飯田さんに対して怒り、おれは行かないと言い出した。へそを曲げてしまったんです。

その夜、飯田さんと最相さんが訪ねて来て、東がどうしても行かないと言い張るから、わたしは悲しいやら腹が立つやらで泣き出してしまったんです。そしたら最相さんが、「東さん、行ってください」と言うんです。東は「ぼくは五十三歳です。五十三年間、この性格です。性格の歪《ゆが》みはもう変えられません」と言ったんですが、最相さんは「変えられます」と断言した。不意を打たれた東がちょっと驚いた顔をして、「変えられますか?」と問い直したら、「変えられます」と再び断言した。「じゃあ、ぼくは何て言えばいいの? 今さら、やっぱり行くなんて言えませんよ」と東が子どものようなことを言ったら、「何も言わなくていいんです」と最相さんは微笑《ほほえ》みました。わたしは、最相さんに心から感謝しました。

ニューヨークでの抗癌剤治療は全く効かず、わたしはテレビ局に勤めている友人に頼んで、抗癌剤使用量が多い病院を調べてもらいました。使用量が多いということは、信頼性の高いエビデンスが蓄積されています。末期癌患者にもごく少量の抗癌剤を投与する方法で延命に成功しているということで、昭和大学附属豊洲病院に東を受け容れてもらいました。その頃には癌の増悪で東の声が出なくなり筆談をするしかなかった。そのことを最相さんに伝えたら、最相さんがスケッチブックと二十四色のペイントマーカーのセットを病院に持って来てくれました。東は、最相葉月さんからのプレゼントだと伝えたら、それをうれしそうに手に取り、ブルーやピンクの色を使ってわたしにメッセージを書きました。

山折　最相葉月さんらしい心遣いですね。

柳　再び「ふたりとひとり」の話をしますが、収録後にお手紙をもらうこともあります。収録の日は、マイクがあったから緊張して話したいことを話せなかった、津波で流された家の跡地を案内したい、と書いてあったから、待ち合わせ場所を決めて、その人の車に乗って、三、四時間震災時のお話を聴き続けるということもありました。「こんな話、初めて話した。柳さんに聴いてもらって胸のつかえが取れたような気がする」と言っていただきました。

山折　柳さんは、貧乏くじを引き続けているわけだ。ワキの僧の役割を突き詰めて考えると、能舞台とは何か、ということになる。能舞台というのは、裸の舞台です。幕が無い。始まりもなければ終わりもない。能っていうのは退屈で、わたしはだいたい居眠りしているんですけど、そう言うと、みなさん納得した顔をされる。みなさん一回はお休みになっているわけだ（笑）。ところが、最後の場面では必ず目が覚める。シテが去り、ワキが去る、その背中が実にいいんだ。あの背中が持っている静けさは、観ている人間の心を和《やわ》らげる。最後に背中を見せるのは、ワキだからね。シテが主役、ワキが脇役なんだけれども、逆転させた方がいいのかもしれない。能の世界では、ワキが主役で、シテが前座的な脇役、こういう見方も出来ますね。

五十六億七千万年間の思索の後に弥勒菩薩は大地に座るのか？

柳　昨日、広隆寺《こうりゅうじ》に初めて行ったんです。あの弥勒菩薩は永い沈黙の姿ですね。

山折　あぁ、これは自分だ、と思わなかった？

柳　自分とは……でも、まぁ、客観的に引いて見ると、鼻のラインと口の幅は似ているかもしれませんね。

山折　黄金比だな（笑）。

柳　あの弥勒菩薩は曖昧《あいまい》な顔をしていますね。

山折　過去、現在、未来を見ているわけだから、それは曖昧な表情になりますよね。

柳　目の前の現在しか見ていないって顔じゃないからね。男と女の境界、生と死の境界も無い場所に座っているんだから。

山折　あの姿というのは、聴いているんでしょうか？　見ているんでしょうか？　わたしの感じではね、やっぱり考えているんですよね。半跏思惟像《はんかしゆいぞう》ですから。そして、見ていますよ、あの眼は。見ている世界は非常に多重的です。遠い眼《まな》差《ざ》しと言ってもいいかもしれない。近くではなく、むしろ遠くを、思惟の世界を眼差している。そういう意味では隙がない姿だ。

柳　表情自体は曖昧で、揺らいでいるようにも見えるんですが、揺らぎつつ隙がない。

山折　柳さんなら、あぁ、ここに自分が居たと思われるんじゃないかなと、ぼくは期待していたんですよ。棟方志功《むなかたしこう》が、当時は「鉈仏《なたぼとけ》」と呼ばれていた円空《えんくう》の仏像に出会った時、「おれの親父がいる！」と抱きついたとも、「昔もおれがいたのか？」と叫んだとも言われています（円空は江戸初期に東日本各地を旅しながら十二万体の仏像をナタなどの一刀彫で作った）。そういう経験を柳さんはされませんでしたか？

柳　心は奪われました。韓国ソウルの国立中央博物館に、三国時代、四世紀から七世紀に造られたのではないかと推定される半跏思惟像があるんです。広隆寺

山折　の半跏思惟像は七世紀くらいの作品だと言われていますよね。同じ仏師の作品ではないかと思われるほど二体の仏像はよく似ている。ソウルの半跏思惟像の方が、もう少し前傾していたような気がするんですよね、微妙なんですけれども。見るという切迫感は前傾姿勢の方がありますね。

柳　前傾で、視線が心持ち下だったような気がするんです。より絶望が深いのかなと思ったんですね。見ている対象が近い。この現世に目をやって、もはや救いは無理かもしれないと絶望しているんじゃないか、と。

山折　わたしは、あの（広隆寺の）半跏思惟像に初めてお目に掛かった時に比較したのは、ロダンの「考える人」なんですよ。どちらとも右手を顔にやってますでしょ。でも、ロダンの方は非常に不自然な格好なんですよね。実際にあの真似《まね》をしてみたら、とても長続きしない。ところが半跏思惟像の格好は長続きする。

柳　ロダンの「考える人」の体には力が漲《みなぎ》ってますものね。肩から腕にかけてのライン、両脚にも。ボディビルダーのような筋骨隆々《きんこつりゅうりゅう》とした体付きだということもあるんですけど、顎にやった手首の曲がり方も痛そうです。日韓二体の弥勒菩薩は体のどこにも力が入っていない。かといって脱力しているわけでもない。貧乏揺すりはしなそうですね（笑）。

山折　弥勒菩薩は単独者として座っていますからね。カウンセラーや宗教家のように誰かと対面している状況での座り方とは違います。半跏思惟像の安定感というのは、我々東洋人が床に座る文化を持っているから、座っている姿を安定していると見るのかもしれない。西洋文化の観点からすると、むしろ坐像よりも立像の方が安定している、バランスが取れていると感じられるのではないでしょうか。半跏思惟像の弥勒菩薩は思索《しさく》を終えた後は大地に腰を下ろすのではないだろうか？　一方、ロダンの考える人は思索を終えた時、立ち上がるのではないか？

柳　弥勒菩薩の沈黙と、能の翁《おきな》、ワキの沈黙とは相通じるものはあるでしょうか？

山折　能ではワキは座り続けています。囃子《はやし》の方々も座っている。シテだけが立って舞を舞う。翁面《おきなめん》の半眼は、仏像の半眼と非常によく似ている。能と仏教における身体技法も共通点が多いです。

柳　わたしは、五十六億七千万年間の思索の後に弥勒菩薩が立ち上がるような気がしてならないんですが、あの半跏思惟像は大地に腰を下ろすんですかね？

山折　大地に腰を下ろす、というのはわたしの妄想で、それは少し微妙なところですね……

柳　先程、山折さんは、能の最大の見所は最後に退場するワキの背中の静けさだとおっしゃいました。わたしは、五十六億七千万年後に弥勒菩薩が半跏に組んだ脚を下ろし、立ち去っていく背中を見てみたい。

山折　半跏とは何かという問題ですね。あれ、椅子に座っているでしょ。日本には本来、椅子の文化はなくて中国から入って来たものです。北緯三十四度線の石《せっ》窟群《くつぐん》、雲崗《うんこう》石窟や龍門《りゅうもん》石窟がアフガニスタンのバーミヤンまでずっと続いている、あの辺りにものすごい量の仏像があるんですよね。両脚を垂らしているのと、片一方の脚を上げている半跏と両方ある。ある東洋史学者の仮説では、あれはポータブルチェアだそうです。遊牧民は馬に乗って絶えず移動していますよね。ときどき馬から降りて休息をとり、野営地《やえいち》を設ける。すぐに地べたに座ることは出来ない。馬から降りたら、とりあえず折りたたみ式のポータブルチェアに腰を下ろす。それが半跏思惟像の半跏の起源だという説があるんですよ。

柳　なるほど。そうすると、やはり半跏思惟像は仮の姿、過渡的な姿ですね。

山折　朝鮮半島、中国大陸、中央アジアの遊牧文化から生まれた半跏思惟像と、インド由来の結跏趺坐《けっかふざ》の仏像が日本には両方入って来ているわけですが、半跏思惟像の姿をどう考えるかという問いは、問いの形が崩れず、答えには行き着きませんな。

死者の沈黙よりも軽い言葉を発してはならない

山折　能の話に戻りますが、ワキの僧は、何も言わずに座っている場合もあるし、一言二言返すこともあるんですよ。ワキの僧はね、乞食遍歴僧《こじきへんれきそう》、いわゆる「乞食坊主」なんですよ。どうも中世から「乞食坊主」には理想化された伝承が多い。たとえば、ある僧侶が比叡山《ひえいざん》での学問と修行を終え、たくさんの弟子も付いていた。ところがある時、姿を消してしまった。十年経っても二十年が経っても杳《よう》として行方《ゆくえ》が知れない。さらに長い歳月が流れて、弟子の一人が北陸や四国の辺境の地を旅した時に、貧しい庵《いおり》で暮らしている「乞食坊主」がいるという噂を聞くんですね。訪ねていくと、それが師匠だった。

柳　やはり、貧しい（笑）。

山折　貧しいことに価値がある（笑）。しかし、柳さんはずっと南相馬で人の話を聴く旅を続けておられるわけですよね。

柳　取材ならば、材料が揃って、その本を書いて出版したら一区切りになるんでしょうが、区切りが無い。終着点が無い旅です。

山折　あからさまにはおっしゃらないけれど、「言葉になど出来るものか」という気持ちがあるのではないですか？　昨今の「震災文学」という言葉が、あまりにも軽過ぎるのではないかという違和感。あなたはその違和感の内にわだかまっているのかもしれない。そこは、どうですか？

柳　あまりにも大きな喪失、目の眩《くら》むような痛みによる沈黙を前にして、自分がどのような言葉を持てるのか？　何がしかの言葉を携えて共闘を呼び掛ける前に、まず共苦《きょうく》による沈黙が必要なのではないかと感じていて、それはやはり聴くことでしかないのではないのか。聴いて聴いて聴くことの先に言葉を持ち得るのかどうかは、わたしにはまだわかりません。

山折　最も意識しているのは、津波による死者の口と耳です。死者の沈黙よりも軽い言葉を発してはならない。むしろ、死者の沈黙に匹敵する沈黙を持ち得ることが出来るのかという問いを自らに問うています。わたしは、言葉に向かっているのではなく、沈黙に向かっているのかもしれません。

共闘という言葉が促す人間の行動は、人と人を結び連ね、連帯によって集団

柳

を組織して、共同の運動をなして立場を強め、その結果に対して責任を持つことです。柳さんのおっしゃる共苦は、悲劇的な状況に置かれている他者と自分の一対一の関係ですよね。その関係が喚起する在り方というのは、一人の孤独な生き方で、尚且《なおか》つひたすらに沈黙に向かわなければならない。非常に辛い仕事ですよね。それがどうも、こうやって相対すると、あまり辛そうなお顔もされないどころか、にこやかにされている。しかし、おそらく実際は断崖絶壁に身を置いているのではないですか？　かつての柳さんならば、そういう体験や思いや感情が迸《ほとばし》るよね。どこに行ったんですか？　あの、柳美里の凄烈な言葉は？

平静でいるわけではありません。眠ろうとして瞼を閉じると、暗闇が分厚く感じられるんです。二〇一一年三月十一日以前は、部屋の電気を消して瞼を閉じれば、スーッと暗闇に意識を溶け込ませることが出来ました。外の暗闇と内の暗闇の濃度に著しい差はなかった。内外の暗闇の浸透圧を気にせずに済んだんです。でも今は、どちらの闇も膨らみ、わたしはその闇の分厚さ、重さに圧迫されています。悪夢にも頻繁に襲われるようになって……もう、毎朝のように自分の絶叫で叩き起こされています。

山折　段々柳さんらしくなってきた（笑）。

柳　自分のお経の声で目覚めることもあります。夢の中で、南無阿弥陀仏と南無妙法蓮華経を交互に唱えているうちに混ざり合って「南無阿弥法蓮華経！」って叫んで目覚める。家中に響き渡る大声だったようで、息子も跳び起きて、「なに？　どうしたの？」と怖がって……地震や津波の夢もよく見ますね。ぎりぎりで逃げられる時もあれば、波に呑まれることもある。「ふたりとひとり」で地震や津波の体験を聴いている時は、その光景を想像することに集中しますから、時には自分の過去の実体験のように鮮明に思い出すこともあります。二〇一一年三月十一日と、それから後の原発事故を、繰り返し繰り返し聴くことによって追体験しているような気がする。当事者ではありませんが、もはや部外者でもない——。

山折　原発事故は、家族の在り方に打撃を与えましたよね。家族は、柳美里文学の重要なテーマの一つだ。

柳　それぞれの家族が抱えていた問題を際立たせたということはありますね。原発周辺地域の住民は、母屋《おもや》、離れ、隠居、居久根《いぐね》、田畑があった大きな屋敷から、狭い仮設住宅・借り上げ住宅への転居を余儀なくされました。否応無く家族が顔を突き合わせなければならないわけですから、喧嘩やDVも起きます。一一〇番通報が絶えないという仮設住宅もあると聞きました。仮設や借り上げを出て、原発事故の賠償金でよその場所に家を新築した家族も、家庭内の意見はばらばらです。夫は、「おれは長男で墓守《はかもり》だから、除染が済んで生活インフラが整ったら故郷に帰りたい」と言う。そもそも妻は別の土地から嫁に来たので、「わたしは、ここで暮らす。帰りたかったら、あなた一人で帰ればいい。六十歳過ぎたって、別々の道を歩くという選択肢もあるんだから」と言う。さらに、元々は同居していて家業を継《つ》ぐはずだった長男は震災後に避難先の他県で結婚をした。嫁は、自分の夫が避難区域内の実家に一時帰宅することに反対だし、福島県内で商売をすることも反対だと言っている。

山折　わたしは震災前から飯舘村《いいたてむら》と関わりを持っています。先日、飯舘村の方が集まる仮設住宅を訪ねました。取りまとめ役をやっている方のお話を伺ったらですね、仮設に入っている家族は三つに分裂している場合が多いと言っていました。祖父母はとにかく故郷に帰りたい。夫は勤め先の通勤圏内で生活したい。妻は子どもの学校の通学圏内で生活したい。

柳　原発事故の避難者の方が、こうおっしゃっていました。「震災前も問題がなかったわけではない。一人一人、心の中では不満や願望はあったけれど、貧しかったから、みんなで一緒に暮らすのが合理的だった。でも、家族がばらばらに避難生活をした。賠償金で、それぞれ別の場所で生活を再建出来る。もう元の暮らしには戻れません」

山折　貧しいということが、家族を維持させる秘訣《ひけつ》なのかもしれませんね。貧し過ぎたら、父親や兄が出稼ぎに行かなければならないという分断を招くわけですが、専業農家で、若夫婦も地元で勤め口があるならば、孫の面倒を家族みんなでみることが出来る大家族は、合理的な形態だった。

柳　貧乏というのは、豊かさ、富裕の反対語ではないんですよ。清《せい》を付けて清貧と言ってしまうと、また道徳的なニュアンスが加味されますが。

山折　貧乏には、貧乏神という神様が付いているくらいですからね。それはそれで心強い味方です（笑）。

かまどが一つ。これが最も合理的だし経済的だ。食によって家族の絆を確かめ合うことも出来る。ところが、我々日本人は家族内でかまどを別々にし始めた。

精神科医、精神分析学者の土居健郎さんの『「甘え」の構造』という本がありますす。一九七一年に出版された日本人論なんですが、これはロングセラーになった。二〇〇一年に続篇を刊行し、二〇〇七年に増補版を出すんですが、増補版の序文（「甘え」今昔）で土居さんは、こうお書きになっている。

①「『甘え』とはそもそも何かという問いをめぐり著者と考えを異にする意見がその後出るに至った」

②「しかし（二〇〇一年頃から）私の『甘え』理論に対し表だって異論を唱える者も出なくなった」

これはつまり、日本人の家族の在り方が根本的に変化したのではないかということなんですね。「甘え」にはネガティブな響きがあるけれど、日本人の人間関係においては、二者関係を安定させる接着剤のような役割を果たしていたのではないか。二者関係というのは、親子、夫婦、きょうだい、友人などです。甘える、甘えられるという心の在り方が、二者間での信頼関係を構築する上で非常に重要な鍵だった。では、二〇〇〇年辺りから劇的に変化したものとは何かと考えると、インターネットです。二〇〇〇年というのはインターネット普及の劃期《かっき》だった。インターネットが二者の間に割り込んできた、家族の中心になった、と考えられるかもしれない。

柳　SNS内は、いろいろな他者の在り方を提示しています。Facebookなどでは共通項の多い相手を「知り合いかも」とぐいぐい紹介してきます。「友達」を検索したりリクエストしたり追加したり削除したりするシステムも完備されているんですが、そもそも「友達」ってそんなもんじゃないだろうって思うんです。Facebookは「友達」の概念や価値を壊しています。Twitterのフォロワーは、匿名《とくめい》の顔が見えない他者が多い。そもそも何をフォローしているのか？　どういう繋がりなのか？　繋がりの糸の先が見えない面白さと怖さがありますね。

山折　今回は、他者とは何か？という問いで終わりましたね。その問いは持ち帰って、考えましょう。

（二〇一四年四月二十四日）

第三夜

何百年前、何千年前の出来事を今日の時点でどのように受け取るか

柳　山折さんは、薩摩焼宗家十四代の沈壽官《ちんじゅかん》さんと親しくていらっしゃるんですよね？

山折　二〇〇〇年に小渕《おぶち》内閣が教育改革について幅広い検討を行うために「教育改革国民会議」という私的諮問機関《してきしもんきかん》を設置しました。浅利慶太《あさりけいた》さん、金子郁容《かねこいくよう》さん、河合隼雄さん、グレゴリー・クラークさんなど二十数名の委員がいたんですが、わたしと沈壽官さんも入っていたんです。そのとき親しくお話しさせていただいて、ずいぶん気が合いました。

一九九五年三月二十日にオウム真理教が地下鉄サリン事件を起こしました。その半年後にNHKの番組で、司馬遼太郎《しばりょうたろう》さんと「宗教と国家」をテーマに対談したんです。大阪でお目に掛かって、三時間半ぶっ通しの厳しい対談でした。その中で、司馬さんの短編小説『故郷忘じがたく候』（一九六八年）の話になりました。作品の中に、沈壽官さんが韓国のソウル大学の大講堂で講演をなさるシ

ーンがある。「あなた方が（日本の圧政の）三十六年間をいうなら」「わたしは三百七十年をいわねばならない」と。相当勇気のある発言だったと思いますが、会場の学生たちは拍手をせず、当時韓国全土で愛唱されていた歌をうたうんです。「見知らない男だが黄色いシャツを着た男」といった歌詞の歌を。彼は、その大合唱に圧倒されて壇上で身を震わせて泣くわけです。

日本では大量の「嫌韓本《けんかんぼん》」が出版されてベストセラーになるという状況が続いていますが、わたしは『故郷忘じがたく候』辺りから両国の歴史を学び直さなければいけないと思っています。

沈壽官さんとは「教育改革国民会議」以降は手紙のやりとりをする程度だったんですが、二〇一四年に鹿児島県指宿《いぶすき》にある薩摩伝承館で講演を行ったんです。「大名茶の時代――薩摩と九州山口の茶陶」という展示が行われていました。「焼き物戦争」とも呼ばれる豊臣秀吉による文禄・慶長の役《えき》（朝鮮出兵）では、数万人ともいわれる朝鮮の陶工たちが日本に強制連行され、その結果、九州・山口地方には焼物文化が根付き、花ひらきます。薩摩焼と同じ歴史的背景を持つ萩焼《はぎやき》、唐津焼《からつやき》などの展示もありましたが、メインはやはり十四代沈壽官の作品で、その父親の十三代、その息子の十五代の名品も展示してあったんです。その時は十四代にはお目に掛かることが出来なかったんですけど、十五代が全展示を案内してくれました。

講演を終えてすぐには京都に帰らず、鹿児島南端の坊津《ぼうのつ》まで足を延ばしました。坊津は、七五三年に唐の高僧で奈良唐招提寺《とうしょうだいじ》の開祖である鑑真《がんじん》が日本に上陸した地です。鑑真は日本から唐に渡った僧・栄叡《ようえい》、普照《ふしょう》らから戒律を日本へ伝えるよう懇請《こんせい》され、日本に渡航しようと試みますが、当時の船旅は死を覚悟しなければならないほどの危険が伴います。鑑真は十年間で五度日本を目指します。荒天や南方への漂着などの失敗の末に両目を失明しますが、六度目の渡航で今の鹿児島県南さつま市坊津に上陸を果たす。翌年から東大寺で五年を過ごした後、下賜《かし》された新田部親王《にいたべしんのう》の旧宅で仏教の戒律や薬学の知識などを伝えました。これが唐招提寺の始まりです。その唐招提寺で、七六三年に鑑真は数え七十六歳で死去します。

わたしは、東北大学印度哲学科というところで勉強しました。その時のインド哲学の師匠が金倉圓照《かなくらえんしょう》先生です。わたしは岩手県花巻の浄土真宗の末寺の出身ですが、金倉先生も坊津の浄土真宗のお寺のご住職でした。薩摩伝承館での講演は、恩師の墓参を果たす絶好の機会だったんです。

柳

指宿から坊津への旅の道すがら、何かのきっかけで柳さんの話が出て、「十年前、盧武鉉《ノムヒョン》大統領の就任式で、親父は柳美里さんと一緒に青瓦台《せいがだい》に行ったんですよ」という話を十五代がしてくださったんですね。びっくりしました。本当に縁とは異《い》なものですな。

二〇〇三年の二月でした。盧武鉉大統領の就任式と晩餐会《ばんさんかい》に招待されたんです。翌日、表敬訪問ということで青瓦台に行ったら、控え室に十四代の沈壽官さんがいらっしゃいました。控え室は一階で、大統領との謁見室《えっけんしつ》は二階でした。盧武鉉大統領に「沈壽官氏と柳美里氏は、韓国人の精神的支えになっています」と言われ、わたしは「わたしは両国の狭間《はざま》、橋の上に立っています。両国の関係が悪化したり、両国の距離が遠くなれば、真っ先に落とされる橋です。それでもわたしは、両国の関係が良い方向になることを祈りつつ、橋としての宿命を全うする覚悟を持っています」と語り、沈壽官さんは「帰宅しましたら、まず祖先の墓に参り、祖先一人一人にこのことを報告いたします。四百年もの間に祖国の言葉を忘れたことをとても残念に思いますが、わたしと祖先の魂はいつも祖国と共にあります」と大統領に伝えました。わたしは、四百年前に祖国で拉致《らち》されて日本に連行された祖先と共に、今ここに在るという時間感覚に不意を打たれ、涙が溢れました。

わたしの祖先は、父方、母方共にせいぜい四代前までしか遡《さかのぼ》れません。その先の祖先は、もちろん存在はしていたんでしょうが、いま生きている子孫の誰の記憶にも残っていません。どのように自分という存在に繫がり、影響を受けているのか、想像することすら出来ません。でも、沈壽官さんは十四代前の祖先の魂と共に在る、とおっしゃった――。

山折

豊臣秀吉による朝鮮征伐の歴史的記憶と結び付いているから、沈壽官さんにとっては四百年前の出来事は非常に近いもので、日本に連れてこられた陶工から、日本で薩摩焼を続けている自分に連なる四百年は濃密な歳月の一つの経験なんでしょうね。

二〇一〇年に、平城遷都《せんと》（現在の奈良県奈良市付近にあった平城京への遷都）千三百年を記念する行事が奈良で大々的に行われました。わたしも少し関わっていたんですが、その記念式典に天皇皇后（現上皇上皇后）両陛下をお呼びして、お言葉をいただいたんですね。そのとき天皇は、平安遷都があった時の桓武《かんむ》天皇の母親の祖先は百済《くだら》人《じん》だということを、ご自分の言葉で言われた。それ以前にも言っておられるということを知っていましたから、わたしは、また言われたと思い

柳

ました。天皇としては、日本の皇族と朝鮮半島の王族とが縁戚《えんせき》関係にあることを改めて明らかにすることで、日本と朝鮮半島が古《いにしえ》から深い関係を築いていることに再び光を当てたいという思いだったのでしょう。

その言葉は報道はされましたが、日本人全体としては特別なこととしては受け止められなかった。千三百年も昔のことだ、とぴんとこなかったのではないでしょうか。何百年前、何千年前の出来事を、今日の時点でどのように受け取るのかは、もちろん個々人で濃淡の差がある。つまり、過去の出来事に自分との関わりを感ずるかどうかという濃淡ですね。

時間の感じ方には濃淡もありますが、長短もあると思うのです。時間というものは、その人の立場や経験によって、実は伸縮自在です。決して同じ速度では流れない。日本の側からすると、戦後七十年以上経っているのに、何故いまだに韓国や中国は日本の戦争犯罪に対して謝罪しろと言い続けるのか？　もう何十年も前に金で片が付いた話ではないか？　まだ金が欲しいのか？　国家レベルでユスリやタカリをやっているのか？　そんなに日本の国際的な評価を下げたいのか？　いい加減、未来志向にならないのか？ということになりますよね。

山折

日本にとっては終戦から七十年、朝鮮半島にとっては日本の植民地統治解放から七十年。同時に、来年（二〇一五年）は日韓基本条約締結から五十年ですよね。今の自民党の政治家というのは、日韓共同宣言から十六年、日韓基本条約締結からの五十年を土台にして日韓の歴史を組み立てようとしている。しかしやっぱりそれでは駄目なんですよ。終戦・解放からの七十年、朝鮮併合からの百年、朝鮮出兵からの四百二十二年、百済、高句麗《こうくり》が滅亡して、日本に渡来人《らいじん》・帰化人《きかじん》が激増してからの千三百四十六年、そういう歴史の尺度をいくつも持って、その中で日本と朝鮮半島の歴史を構築し直す、それが歴史に学ぶということではないでしょうか？

二十年とか五十年という短い物差しだけで両国の間を測ろうとすれば、必ず対立や摩擦《まさつ》が生じます。天皇が平城遷都千三百年の記念式典で伝えたかったメッセージは、そういうことなのではないでしょうか。

わたしは、こう考えているんです。もうそろそろ、東京からの遷都の時期が来ている、と。少なくとも政治空間としての機能は東京から切り離して、福島の避難区域に政治空間を作るべきではないか。そのモデルは、アメリカ合衆国のワシントンD.C.です。ワシントンD.C.を福島の避難区域に作る。そして近代化も中途半端で、あまりにも無秩序な大東京村を芸術、文化の中心地としてニューヨーク化する。東京電力福島第一原子力発電所の廃炉作業の中心地で、政治家たちに日本の新しい政治空間作りを担ってもらう。まぁ、実現はしないと思いますけど。

他者へ向かう「怨」 内面化させる「恨」

柳　戊辰《ぼしん》戦争から百二十年経った一九八七年に、山口県萩市（長州藩）から、「もう百二十年も経ったのだから、そろそろ戊辰戦争の和解をすべきなのではないか」と会津若松市（会津藩）へ友好都市提携の申し入れがあったけれど、会津側は「まだ百二十年しか経っていない」と拒否したといいます。先祖の悲憤《ひふん》や無念さを自分の内に留め置くという会津人としての生き方を、他地域の日本人も理ではなく情の面で理解出来るのではないでしょうか。

山折　戊辰戦争以降、東北は痛めつけられていますから、なかなか水に流すというわけにはいかないかもしれない。わたしは岩手県で育って、仙台で大学時代を送りました。やはり明治の歴史を調べていくと、東北は完全に植民地化されているわけですよ。日本が朝鮮半島を植民地化した手つきと非常によく似ている。日文研（国際日本文化研究センター）の所長をしている時に、日韓共同で研究会を開いたんです。それで、ソウルの大学で『「縮み」志向の日本人』（一九八二年）や『蛙はなぜ古池に飛びこんだか』（一九九三年）という著書が日本でも評判になった文芸評論家の李御寧《イオリョン》さんと対談することになったんです。参加したのは両国の研究者が中心でした。

その時、韓国の江原道《カンウオンド》の民謡「恨五百年《ハンオベンニョン》」の話になったんですが、李御寧さんは非常に解りやすく説明してくださいました。「恨五百年」とは、五百年もの間李成桂《イソンゲ》（李氏朝鮮王朝始祖）によって江原道に追われた高麗《こうらい》王朝の忠臣たちが李成桂を恨んだことに由来する歌だそうです。日本語には「怨恨《えんこん》」という言葉があります。「怨」もうらみだし、「恨」もうらみで、同じ意味として使用される。しかし、朝鮮民族にとって「怨」と「恨」は違う。「怨」というのは怒りを外に爆発させて他者へと向かううらみで、「恨」は怒り、悲しみ、痛み、苦しみを内面化させていく。降りやまない雪のように自分の内に積もらせていき、これが晴れることはないと言うんですよ。

仏教には「怨親平等《おんしんびょうどう》」という言葉があります。怨敵《おんてき》と親しい者とを平等にみるという意味です。仏教の根本精神は慈悲であるから、敵であるという理由で憎むべきではないし、親しいという理由で執着すべきではない。どんな相手でも平等に慈《いつく》しみ憐《あわ》れむべきだということです。とりわけ、その人間が亡くなった場合には怨恨は全て消える。死者は仏になる。仏教において「怨恨」というのは、最終的には乗り越えていかなければならないものなんです。

対談の最後、質疑の場である大学の助教授の女性がこんなことを言いました。「日本の伝統芸能の中にも、解くことの出来ない恨を表現したものがあります。能の世界です」と。確かに、世阿弥《ぜあみ》の夢幻能は恨の世界を表しているかもしれない。舞台に出て来るのは亡霊、死者です。死者は一応鎮《しず》められたような形で舞台を去っていくが、本当に仏になっているのかどうか――。この問いに、日本の能楽研究者で答えられる人はいるだろうか？　「恨五百年」の世界観と夢幻能の世界観が相通ずるのかどうか、わたしはまだ答えを見つけられません。

柳　「恨」をテーマにした作品といえば、林權澤《イムグオンテク》監督の『風の丘を越えて／西便制《ソピョンジェ》』という映画があります。

山折　あぁ、わたしも観ました。

柳　二〇〇三年頃からＮＨＫで韓国ドラマ『冬のソナタ』が放送されたのが契機となり、韓流ブームが起きるわけですが、韓流ブーム以前、一九九三年日本公開の韓国映画です。『風の丘を越えて』の主な登場人物は、旅まわりのパンソリの唄い手である父親、娘、息子の三人です。パンソリは唄と太鼓の二人で演奏する朝鮮古来の伝統音楽で、「西便制」は全羅道《チョルラド》西南地域のパンソリ流派の一つです。日本による植民地時代は演歌が流行し、解放後はアメリカやヨーロッパから流入したロックやジャズやポップスが大流行し、パンソリは古臭い音楽として忘れ去られていきます。舞台は一九六〇年代。父親は、亡き妻の連れ子で血の繋がりはない息子にパンソリの太鼓を教え、唄い手に育てるために孤児の娘を養女にもらいます。三人は行く先々でパンソリを唄って僅《わず》かな収入を得ながら流離《さすらい》の旅を続けます。

山折　父子三人が「珍島《チンド》アリラン」を唄いながら山路《やまみち》を行くシーンが素晴らしかった。

柳　あのシーンは五分四十秒という長回しです。韓国にはアリラン発祥とされる場所がいくつかあります。三大アリランといわれているのが、この「珍島アリラン」（湖南《コナン》）と、金基徳《キムギドク》監督の『春夏秋冬そして春』のラストシーンで延々と流される「旌善《チョンソン》アリラン」（江原道）と、わたしの祖父母と母の生まれ故郷である慶尚南道密陽《キョンサンナムド・ミリヤン》の「密陽アリラン」です。朝鮮半島全土にさまざまなアリランがありますが、共通しているのは「アリラン　アリラン　アラリヨ　アリラン峠を越えて行く」という歌詞です。アリラン峠とは何かについては諸説ありますが、実在しない峠なので、越えなければならないものという観念だと思います。

　わたしは、恨を鬱積《うつせき》させるだけではなく、恨を超えるという民族的意志のような力を朝鮮民族は希求《ききゅう》しているのではないかなと思うんです。『風の丘を越えて』というタイトル自体にも、その意志は込められています。

　パンソリ一家の弟は、父親に殴られた姉の姿を見て、こんな生活、いつまで続けるんだと嘆《なげ》くんですが、姉は「わたしは唄が好き、全てを忘れて幸せになれるもの」と言います。弟は姉を残して去っていきます。姉は弟と別れた悲しみから寝込み、声を出せなくなってしまう。父親は、唄わざるを得ない状況に追い詰めるために漢方薬を飲ませて娘の視力を奪う。目の光を失うことで声は蘇生すると考える。父親は困窮を極めた生活の中で病に倒れ死ぬわけですが、お前の心に「恨」を植えつけるために目を奪った、と娘に言います。

「恨」とはいったい何なのか？　林權澤監督は、憎悪や恨みは時に他人を傷つけたり殺害したりするが、恨の向かう方向は自分の内側であって決して外側ではないと言っています。わたしは、この映画の原作、李清俊《イチョンジュン》の『남도《ナンド》 사람《サラム》（南道の人）』を読んでみました。

「人の〝恨〟とは、そんなふうにだれかから与えられるものではなく、人生という長い長い年月を生き抜くあいだに、ほこりのように積もり積もってできるものなのです。ある人にとって、生きることが〝恨〟を積むことであり、〝恨〟を積むことが生きることであるように……」

歳月を経て、結婚して子どもを設けた弟が、姉の消息を訪ね歩きます。彼は父親の死と、父親の手によって姉が盲目になったということを知る。「娘さんが父親を許すことができなければ、その思いはまさに怨念になり、唄のための〝恨〟にはなりえないではありませんか。父親を許したからこそ、娘さんの〝恨〟は、いっそう深まったのでしょう」と二人を知る人は語ります。ラストシーンで、弟は自分を待ち続けた姉と、姉は自分を捜し続けた弟と再会を果たしますが、名乗り合うことはしません。亡き父から教わった唄と太鼓で一夜を唄い明かします。恨を超えることが出来た瞬間、姉は唄いながら、見えない目で真っ直ぐに弟を捉えます。

原作には、こう書いてあります。

「それはまるで唄と拍子が、お互いの体に触れずに楽しむ妖精のようでもあり、戯れというよりは見事な手品であり、手品というよりは、体に触れ合うはずのない唄と拍子の巧みな抱擁にも似ていた」

「どちらかである」生き方
「どちらでもない」生き方

山折　柳さんの国籍は？
柳　大韓民国です。
山折　在日韓国人二世ということになりますか？
柳　そこがいつもわからないんです。祖父母と母、祖母と父は一緒に日本に入国しているので、二世、になるんでしょうか？
山折　在留カードはお持ちですか？
柳　特別永住者証明書を持っています。わたしは運転免許証を持っていませんか

山折　ら、公的機関で身分証明書を求められる場合はこれを提示します。

柳　絶えず更新するわけですか？

山折　更新してます。

柳　生まれた時からずっと韓国国籍？

山折　韓国国籍です。両親共に韓国で生まれているので。

柳　家庭内では韓国語を話していましたか？

山折　父と母は子どもに聞かせたくない話をする時のみ韓国語でした。お金の話、性的な話、罵《ののし》り合《あ》いですね。わたしたち子どもに語り掛ける時は日本語でした。家庭内で、建前《たてまえ》の日本語、本音の韓国語、論理の日本語、感情の韓国語が錯綜《さくそう》していたわけです。

柳　祖国との距離を縮めるために、真剣に、夢中になって韓国語を学ぼうという方に気持ちが向かなかったのは、何故ですか？

山折　正直に言うと、韓国人であるのに韓国語を幼稚園児のように一から学ばなければならないということに、二十代、三十代の頃は屈辱を感じていたんです。

柳　友人にマティアスというストックホルム大学の学生がいます。彼はオーストラリアで生まれ育ち、お母さんがスウェーデン人で、お父さんがオーストラリア人です。家庭内では英語とスウェーデン語を聞いて育ちましたが、オーストラリアで学校に通っていた時には、お母さんのスウェーデン語の影響で、マティアスの英語は変だと言われて疎外感をおぼえ、お母さんの母国のストックホルムに留学したら、スウェーデン語を話した途端、英語圏の人間だとわかると言われ、再び疎外感をおぼえたそうです。たいていの場合は共通の言葉によってナショナルアイデンティティは育《はぐく》まれますが、言葉がナショナルアイデンティティに突き刺さる棘《とげ》となる場合もあります。

山折　自分の意識としては、どうですか？

柳　それは難しい問いですね。国籍を理由に現実社会で差別されたり、SNSで攻撃されたりすると、否応無《いやおうな》しに自分の韓国人としての輪郭が浮き上がります。けれど、たとえば、先程お話しした盧武鉉大統領の就任式の晩餐会に招かれた時は、正装ということでチマチョゴリを着ました。チマチョゴリという記号を身にまとっていると、本国の方が韓国語で話し掛けてくる。でも、わたしは日本語しか話せない――。

文化や歴史に対する誇りや、この国の一員なのだという所属感によるものではなく、差別や疎外感によって、国家という枠組みから押し出されるという感じなんです。だから、個人の中にそれが垣間《かいま》見えた瞬間、警戒感が芽生えます。そもそも、一人一人の個人に国民であるという意識を植え付けたのは、日本の場合、明治以降の戦争を見越した急拵《きゅうごしら》えの国家制度によるものです。それまではみな、顔の見える範囲、名前のわかる範囲での実体のある共同体に所属していたわけですよね。わたしは、在日韓国人という出自に起因するのかもしれませんが、自分の内に国家を求めようとする傾向はありません。特定の集団的アイデンティティで自我を支えたくない。死ぬまで異邦人として、寄る辺《よべ》ない、不安定な、ぐらぐらした存在でいいと思っています。

芥川賞を受賞した『家族シネマ』は、日本と韓国でほぼ同時出版されました。ソウルで記者会見を開いた時に、ナショナルアイデンティティを問われて、「わたしは日本人でもないし、韓国人でもありません」と答えました。会場には落胆したような空気が流れましたが、日本で生まれ育ち韓国語を話すことが出来ないのだから、韓国人であるとは言えません。

山折　実はね、わたしは二重国籍者なんですよ。

柳　え？

山折　わたしが生まれたのはアメリカ、サンフランシスコです。六歳までアメリカで暮らしてたんですよ。小学校に入学するタイミングで日本に戻って、東京の小学校に通いました。その後、東京大空襲の直前に、親父だけ東京に残って、家族全員で故郷の花巻に疎開して、中学、高校は花巻です。高校卒業後は仙台の東北大学に進学して仙台で二十歳になり選挙権を得ました。

その時点で、アメリカ国籍は失われたと思っていたんです。アメリカ国籍、アメリカの市民権を放棄するためには法的な手続きを取らなければならないということを知らなかった。アメリカというのは出生地主義なんですね。アメリカに生まれれば、アメリカの国籍と市民権が自動的に付与される。そのことは知っていたんですが、二十歳で日本の選挙権を得るのと引き換えにアメリカ国籍は失われたと思い込んでいたんです。その後、アメリカに何度も行っています。

柳　日本のパスポートで行かれたんですか？

山折　そう。ところが、七十歳で日文研の所長になって、国際会議に参加するためにアメリカに出張することになったんです。公用で出張する時は、一般の赤い旅券ではなくて、黒い一回限りの旅券です。それを申請する段になって、事務の者が日本総領事館から連絡が入ったというんです。山折さんは二重国籍だと。アメリカ人なんだけれども、アメリカの旅券が無い。アメリカに渡航するためにはアメリカの旅券が必要だと。さあ、びっくりした。もう一週間しか時間がないわけですよ。やむを得ず、特例で仮の公用旅券を出してもらったんですが、知り合いの外交官に「正式に手続きをして、アメリカの市民権を放棄した方がいいですよ」と言われました。その時、「あぁ、これは日本を客観視するいいチャンスじゃないか」と、わたしは思ったんですね。これからの時代は、国家の枠組みを超えてさまざまな物事が展開していく。そういう時に、わざわざ日本一国の国籍に固執する必要はないんじゃないかという気持ちがムラムラと湧いてきた。だからわたしは、いまだにアメリカの市民権を放棄していない。

柳　それは、何年前のことですか？

山折　七、八年前になりますかね。

柳　最近の話じゃないですか。

山折　けっこういるんですよ。父親が海外駐在員で、アメリカで生まれてアメリカ国籍を得て日本に帰国した人とか、アメリカ国籍の配偶者との結婚によってアメリカの市民権と国籍を得てアメリカに在住している人とかね。ぼくは二重国籍者であることが、日本のこと、アメリカのことを考える時の座標になると少しずつ思うようになった。ところが、いま柳さんのお話を伺って、「どちらでも

柳　ない」という生き方もあるなと気付いたわけです。

国際結婚の両親の間に生まれた子どもを、古くは混血児と呼んでいました。その後、長い間「ハーフ（半分）」と呼んでいましたが、最近では「ハーフ」は差別的だ、両親から二つの国の文化や言語を受け継いでいるのなら「ダブル」と呼んだ方がいいという声も大きくなっています。わたしの実感としては「どちらでもある」という意識を持ったことはなくて、あくまでも「どちらでもない」という意識なんですよ。

山折　「どちらでもある」と「どちらでもない」というのでは、やはり異なります。複数の国にルーツを持つ者が、ナショナルアイデンティティを問いとして突き付けられた場合、三種類の答えが考えられるということですね。「○○国」「どちらでもある」「どちらでもない」。「どちらでもない」なんて言おうものならば、世が世なら、アナーキストと呼ばれますね（笑）。

わたしの場合は日本とアメリカだが、柳さんの場合は日本と韓国だ。日本と両国との関係の差も大きいでしょうね。

柳　日本と韓国は、「日本軍慰安婦」や「徴用工《ちょうようこう》」といった戦争犯罪の補償問題、「竹島・独島《トクト》」の領土問題、植民地時代の歴史認識問題などで衝突することが多いですからね。山折さんは「日本を客観視するいいチャンス」だから、アメリカ国籍を放棄しなかったとおっしゃいました。

今まさに、ナショナルアイデンティティを「客観視」することが重要だと思うんです。

わたしは若い頃、「人間」という言葉が大嫌いでした、ヒューマニズムや人道や人倫というイメージが付着している気がして。戯曲でも小説でもエッセイでも極力使わないようにしてきました。同じ意味で、「人」という字も、音だけで伝わるように「ひと」と平仮名にしていた時期も長いです。でも、使い古される前の「人間」は仏語で、六道の一つで人の住む界域、人間界を表す言葉です。現世、世間という意味もあります。白居易《はくきょい》の長恨歌《ちょうごんか》にも、「天上人間会相見《てんじょうじんかんかならずあいまみえん》」(天上界と人間界とに別れているが、必ず互いに会えよう)という詩がありますよね。

最近、「人間」という言葉の「間《あいだ》」の重要さに気付き、注意深く使うようになりました。人と人には、肉親であっても、どんなに親しい友人、恋人、夫婦であっても、必ず「間」が存在する。鏡のように相手を覗いて、自分と似ているところを見つけて、自分と相手を同一視して友情や恋情を抱くこともあるけれど、それは自己愛の延長なのではないか。人と人との関係は、「間」を見詰めて、相手と自分を客観視することが重要です。相手との差異を共通点と同じ比重で認めることが出来れば、相手を尊重することが出来ると思うんですが、インターネットの世界では、同意・賛成の意見を持った人たちで固まり、異なるものを排除・攻撃するという傾向が顕著《けんちょ》です。

山折　なるほど。戦後七十年、知的な世界で仕事をしている人々の文章の変化という観点から申しますとね、自然科学系でも人文科学系でも、「人間は」という主語でものを書く時代が長かった。和辻哲郎《わつじてつろう》の「人と人との間の倫理学」なんていう考え方に影響されて、今おっしゃったような「間」という概念を非常に重要視した。ところがですね、科学技術の発達と因果関係があるんですが、科学者や社会科学者の書く文章が「人」に変わってきた。「人間」から「人」に変わる時に落ちるのが「間」ですね。さらには生命科学、サル学などという学問を思い浮かべていただければ解りやすいんですが、カタカナで「ヒト」と表記されるようになった。「ヒト」になると限りなくモノに近くて、人工臓器、人工知能、ロボットが想起される。「ヒト」は今や、自然科学者の論文のみならず人文系の研究者の文章にも表出している。

「人間」「人」「ヒト」という変化をどう捉えるかということですよね。柳さん

柳　がおっしゃるように、人間の関係性を客観視出来なくなるということが社会現象化していると言えるかもしれない。

山折　インターネットの世界では「間」がすっぽり抜けています。TwitterやLINEなどのSNSでは、人と人との「間」を飛ばして、いきなり相手に自分の感情を手づかみでぶつける。唾を吐きかけたり、頭突きをしたり、体当たりをするような言葉を繰り出したり、あるいは、言葉巧《たく》みに欲望や犯罪に引きずり込んだりする。今こそ、インターネットの介在《かいざい》で一挙に埋め立てられてしまった人と人との「間」をどうやって取り戻すのかという議論が必要なのではないでしょうか。

柳　英語の「individual」を翻訳すると、「個」あるいは「個人」となります。翻訳語である「個人」と、大和《やまと》言葉である「ひとり」、この二つを対比させると、共通する面もあるけれど、違う面もある。この差異について、戦後の日本人は自覚的ではなかった。

山折　個人と一人。

日本人は戦後、何事も「個」から考えてきた。個性を生かす、個の尊重、これを教育現場で声高《こわだか》に主張してきました。万葉集の時代から日本にある「ひと

柳

り」という言葉の概念を考えてみようとはしなかった。いくらヨーロッパの近代社会が確立した「個」の概念を輸入してみても、日本には日本人の五臓六腑《ごぞうろっぷ》に染み込んだ「ひとり」の文化の土壌《どじょう》がある。日本人にとっての「個」というのは、人と人との「間」を含めた「個」でなければ成立しないはずなんです。しかし、その「間」を意識的に、機械的に削り落として来た。むしろ「間」なんていう接着剤があったら、悪《あ》しき集団主義と結び付くのではないかという戦前の記憶の反動なのではないでしょうか。

対話というのは、自分から出発して他者に向かう、他者から出発して自分に向かう、双方向の行為だと思います。決して相手に同調したり、相手を同調させたりすることを目指すのではなく、相手と自分の隔たり、「間」に、一つ一つ言葉を置いていく。最初は飛び石のような小さな共通平面でもいい。足場さえ築くことが出来れば、その一歩分だけ相手を近くで見ることが出来ます。歩み寄る手掛かりというか足掛かりを言葉で探すことが対話なのではないか、とわたしは考えています。

物理的な暴力と創造的な暴力

山折　そこで一つ、柳さんに伺いたい。極端な対立関係にあると、言葉の力が意味をなさなくなる時がある。もう沈黙する以外にないという状況です。そういう局面では、沈黙それ自体が渡り廊下のような役割を果たすのかどうか？

柳　対立している問題を脇に置いて、対立しない話題を探して言葉を進めるという道筋は残されています。極端な対立関係にある場合は、双方が負の感情で固まっていることが多いので、言葉以外で、感情が流れるような共通の体験を重ねることも必要でしょうね。

山折　その力が、音楽や舞踏《ぶとう》や演劇や文学などの芸術やスポーツにはあると思う。特に文学には強固な障壁《しょうへき》を破壊する力がある。破壊を通して道筋をつける、適切な距離を見つける。その破壊力は、柳美里文学は並外れて強いと思います。しかし、どうも日本人というか、日本文化の特性として、破壊する力、即《すなわ》ち暴力は、やっぱりマイナスイメージがつきまとうんですよね。だから、柳美里は、怖い、危ない、嫌いな作家として名前を挙げられることが多い。

ところがヨーロッパにおける暴力の捉え方は、必ずしもマイナスばかりではない。暴力には二つの種類があって、一つは物理的な破壊力、もう一つは創造的な力です。悪しき権力を倒して、それを乗り超えるためには暴力が不可欠だ。その創造的な暴力を、日本人はなかなか手に出来ない。韓国人にはその力が強いような気がするけれど、どう思われますか？

柳

K-POP好きの日本の女の子たちはきっと想像出来ないだろうけど、韓国はつい二十七年前（一九八七年）まで軍事政権だったんです。

韓国の八〇年代は、多数の死者、行方不明者、負傷者を出した光州《こうしゅう》事件から始まりました。後に大統領となりノーベル平和賞を受賞することになる金大中《キムデジュン》氏は、一九七〇年代のほとんどを自宅軟禁《なんきん》、刑務所で過ごします。そして、光州事件で市民を扇動《せんどう》した容疑で逮捕され、一九八〇年九月に死刑を宣告される。国際社会の抗議が激しかったために翌一九八一年に減刑されますが、その後も自宅軟禁下に置かれました。ソウル南山《ナムサン》にあった国家安全企画部（安企部《アンギブ》）の地下取調室では、「国家保安法違反」容疑で数多くの無実の大学生たちが取り調べという名の凄惨《せいさん》な拷問を受けました。

一九五〇年の朝鮮戦争勃発直後に発令された「夜間外出禁止令」（午前零時から午前四時まで医師以外の外出禁止）が全面解除されたのは、全斗煥《チョンドゥファン》政権末期の一九八八年一月一日のことでした。日本では株と土地が異常に上昇したバブル景気の真っ只中で、松田聖子や中森明菜や小泉今日子などの八〇年代アイドルの歌が大ヒットし、若者たちが夜な夜なディスコなどに繰り出していた時に、韓国では夜間外出禁止令が敷かれていたんです。わたしが初めて韓国に行った時も、首都ソウルは夜になると真っ暗でした。繁華街は夜十一時を過ぎると、帰宅を急ぐサラリーマンによるタクシーの争奪戦が起こり、タクシーは乗り合いで、路上で行き先を叫んで乗せてもらうスタイルでしたね。わたしは怖くて行きませんでしたが、外に電気が漏れないように営業している闇の飲み屋があると聞きました。

軍事政権をひっくり返したのは、民主化を求めた学生たちと市民たちです。催《さい》涙弾《るいだん》や実弾を容赦なく撃って来る治安部隊に立ち向かってデモを行い、政治的不義や不正に抗議する焼身自殺も頻発《ひんぱつ》しました。八〇年代の韓国では軍事政権を倒すための革命が起きていたんです。

山折　革命を経験した民族と経験していない民族では、暴力に対する考え方が根本的に違うんですよね。

柳　いかなる場合でも暴力は全面否定だとする立場を取るか、時と場合によっては暴力の行使を容認するという立場を取るか——。

山折　韓国の歴史だけではなく、全世界の革命や独立戦争は暴力によって権力を権力の座から引きずり下ろす。それは、日本史の中では全く無いとは言いませんが、非常に少ない。

欧米人の考え方の基本は、「人間は疑うべき存在だ」というものです。しかし、疑ってばかりいたのではコミュニティと文化の形成が出来ない。他者を信用する条件としては、二つ。同じ一神教の神を信仰しているか、つまり神と個人の縦の契約関係を結んでいるか。神の前で誓った律法と契約を個人と個人の間でも結べるか。

日本では一神教の神は存在しないし、契約の概念は未成熟です。そうすると、結局、「人間は信ずべき存在だ」という人間観を打ち出す以外にない。信ずべき人間関係を作るためには、どうしたって「邑《むら》」が必要なんです。あくまでも、邑の内側で築いた人間関係の中の「ひとり」なんです。神との契約、人との契約を基盤にして人間関係を築く「個人」とは根本的に違うわけだ。邑の掟《おきて》に従うことが出来なくなった者は、その集団からはみ出たり、人の信頼を裏切ったり、罪を犯したりするでしょう。そういう者は、村八分や所払いや流刑に処される。住み慣れた邑の外に出された「ひとり」の自覚の中で文学、詩の精神が発芽すると言えなくもない。大多数の人は孤独感に押し潰されるんだけれども、そこから創造的な力を発揮する人も少なからず出て来るわけですよ。

言葉が意味をなさなくなる時に
わたしたちはどうコミュニケートすればいいか

柳　今のお話で思い出したのは、詩人の石原吉郎《いしはらよしろう》のことです。関東軍情報部に配属されていた石原吉郎はソ連軍に拘束され、重労働二十五年の刑を受け、シベリアに八年間抑留《よくりゅう》されました。

石原吉郎はこう書いています。

「私が無限に関心を持つのは、加害と被害の流動の中で、確固たる加害者を自己に発見し衝撃を受け、ただ一人集団を立ち去っていくその〈うしろ姿〉である。問題はつねに、一人の人間の単独な姿にかかっている。ここでは、疎外ということは、もはや悲惨ではありえない。ただ一つの、たどり着いた勇気の証《あかし》である」

山折　時代を遡れば、万葉歌人の柿本人麻呂《かきのもとのひとまろ》や山上憶良《やまのうえのおくら》にも渡来人説があります。だとしたら、彼らもまた寄る辺《べ》なさや疎外感や望郷の念の中で、飛び石のような、杭のような、浮標《ふひょう》のような言葉を置いていったのではないでしょうか。
　日本の歴史学で、四世紀から七世紀頃の長きにわたって大陸や半島から日本にやって来た人を帰化人とするか渡来人とするかという論争がありました。帰化人という呼称は、日本に同化させたというイメージを与えるから使わないようにしようということになり、渡来人という言葉に落ち着いた。しかし、現代のように世界中の国々の人が飛行機で行ったり来たりするようになってくると、人間というのはそもそも移動する存在なんだと、移動民なんだと、むしろ一所不住だと、発想を転換する時期に差し掛かっているのかもしれませんな。

柳　日本国内に定住していたとしても、いつ何時《なんどき》、大地震や大津波に襲われ、終《つい》の住処《すみか》だと思っていた家土地を追われる事態に直面するかわかりませんものね。一所不住の心構えはしておいた方がいいかもしれません。
　今わたしは、四月にお話しした時の山折さんの「他者とは何か?」という最後の問いと、先程の「極端な対立関係にあって言葉が意味をなさなくなる時に、どうコミュニケートすればいいか」という問いについて考えています。

イスラエルが建国されて、難民化した七十万人以上のアラブ人たちがヨルダン川西岸地区とガザ地区に逃れたわけですけれども、イスラエルに残ったアラブ人も少なくありません。イスラエルの人口の二十五パーセント、約百万人が、アラブ系イスラエル人としてイスラエル国籍を有しているということは、日本のメディアではあまり報じられていません。わたしは、イスラエル国籍のアラブ人が、どのような暮らしを営み、いま何を考えているのかを知りたい。ユダヤ人とアラブ人、イスラエルとパレスチナの間に生きている人の声を――。

というのは、『パラダイス・ナウ』（二〇〇七年日本公開）という映画を観たからなんです。ハニ・アブ・アサド監督はイスラエル国籍を持ったアラブ人で、プロデューサーはイスラエルのユダヤ人なんですね。パレスチナ人の若者二人が自爆テロを行うためにイスラエルに入る。その四十八時間を、彼らの青春の匂いのする生活を織り交ぜて丹念に追った映画です。ゴールデングローブ賞の最優秀外国語映画作品賞、ベルリン映画祭の観客部門賞などを受賞しました。アメリカのアカデミー賞ノミネートが発表されると、この映画は自爆テロを正当化している、と自爆テロで家族を失ったイスラエルのユダヤ人たちが署名活動を行い抗議しました。

自爆テロの被害者の家族の痛苦の大きさを慮《おもんぱか》れば、沈黙するしかないのかもしれない。でも、自爆テロで年若い息子や娘を失った家族の痛苦もまた大きなもので、何故、彼らが自爆テロという行為に追い詰められたのかというパレスチナの現実もあります。今なお加害と被害が混在して政治的にも感情的にも激しく対立する事柄を、沈黙するのではなく伝えるとしたら、どのような話し方で、どのような言葉で語ればいいのか？　沈黙と言葉の折り合いをどのようにつけるのか？

ハニ・アブ・アサド監督はいくつもの問いを爆弾のように抱えて「苦しみの場所」に赴《おもむ》き、何がしかの方法論に拠《よ》るのではなく、全ての方法論を手放して、問いそのものを伝えたんだと思います。

山折　赤軍派の闘士、重信房子《しげのぶふさこ》さんとパレスチナ男性との間に生まれた重信メイさんは『秘密――パレスチナから桜の国へ　母と私の28年』（二〇〇二年）という自伝を書かれていますね。重信房子さんはパレスチナ難民キャンプで育った娘のメイさんに、日本の桜の美しさを語り聞かせていたといいます。重信メイさん

柳　は二〇〇一年三月五日に日本国籍を取得し、四月三日に「桜の国」の地を初めて踏んだ。桜が満開の季節に――。

山折　重信房子さんは、二〇一〇年に懲役二十年の実刑が確定して服役中ですが、現在は医療刑務所（東日本成人矯正医療センター）で癌闘病をしているそうですね。メイさんは、同志社大学大学院社会学研究科のメディア学を修了して、ジャーナリストとして活躍しています。柳さんは、お母さんやお父さんから語り聞かされた祖国の美しい風景というのは、ありますか？

柳　母の故郷の慶尚南道密陽は水郷《すいごう》なんですね。母の家は密陽川に架かる橋の袂《たもと》にあって、山の麓《ふもと》には表忠寺《ピョチュンサ》があり、寺の周辺にはいくつもの滝や氷の谷があるそれは美しい所だ、と母から聞かされて育ちました。二十四歳の時にNHKの番組で初めて密陽を訪ね、行ったことのない場所なのに、郷愁と言ってもいいような懐かしさが湧き起こったのは、母から聞かされる度に風景を想像していた――、想像力によって母の故郷に近付いていたからだと思います。

山折　その光景が浮かんで来ることはありますか？

柳　二〇〇四年に、祖父と祖父の家族をモデルにした長編小説『8月の果て』を出版しました。舞台は密陽です。祖父は長距離ランナーでした。一九四〇年に開催が予定され、戦争によって幻となった東京オリンピックへの出場が有力視されていました。主人公である祖父と共に走るために、わたしはマラソンを始めました。フルマラソンでは三十キロ地点を越えると肉体的にも精神的にも限界に達して来るんですけれど、三十キロを走り過ぎた時に、母の家の前を流れる密陽川のせせらぎや、父の故郷である山清《サンチヨン》の町から見える智異山《チリサン》の山並みがあの世の光景みたいに浮かんで、悲しくもないのに、走りながら涙が溢《あふ》れたという経験があります。

　司馬遼太郎さんの『故郷忘じがたく候』は、十四代の沈壽官さんが先祖の故郷である全羅北道南原城《チヨルラプクト・ナムウオンソン》を訪ねるシーンで終わりますね。

「土地の故老が、沈氏のために当時の南原城の景観を資料にもとづいて再現してくれた。さらに落城前夜の激戦の悽惨さを、くわしく語ってくれた。聞きながら沈氏の耳に叫喚の声がきこえ、ときに土に立っていることができなくなった。沈氏はいつのまにか北郊を歩いていた。／そこに、小川が流れている。／その小川のそばに、切石で積みあげた高さ十米ほどの残塁があり、風化して黝《くろず》み、ところどころの塁の根に連翹《れんぎよう》を抱きつつ水に影をうつしていた。これが、古

山折　南原城の城塁の一部です、よすがといえばこれしかありませんが、と故老はいった。沈氏はその小川のふちにしゃがみ、めがねをとった。顔を洗った」
祖先が暮らし、拉致されてから四百年もの年月が過ぎたというのに、城壁の前に立って涙を流して小川で顔を洗ったという沈壽官さんの心の在り方に驚くと同時に、エルサレムの「嘆きの壁」のことを思い出したんです。ユダヤ王ヘロデの時代に改築された後ローマ軍によって破壊され、西壁の一部しか残らなかったわけですが、西暦七〇年の出来事ですからね。

柳　それはね、わたしも、エルサレムの「嘆きの壁」に行った時に感じた。ユダヤ人たちが全身全霊を込めて……

山折　神殿跡地の壁に額を押し当てて、聖なる都エルサレムの滅亡を嘆き悲しみ、涙を流すんですよね。わたしも一度訪ねてみたいと思っています。

柳　「嘆きの壁」も南原城もまさに、「荒城《こうじょう》の月」で歌われている「むかしの光　いまいずこ」ですね。でも、ユダヤ人や沈壽官さんには、荒城の空を照らす月が見えるんでしょう。

山折　今日は雨で、月が見えませんね。でも、雨音がとてもよく聞こえる……

柳　道元禅師《どうげんぜんじ》が「聞くままに　また心なき身にしあれば　おのれなりけり　軒の

玉水」と歌われていますね。

柳　雨も、天と地の間を繋げている。

山折　しずく、ですね。だんだんと日が暮れるにつれて、この雨音というのは、しみじみと心に響いて来ますね。動物的な感覚から脱《ぬ》け出して、自然に還る。雲の流れ、水の流れ。行雲流水《こううんりゅうすい》だね。

（二〇一四年八月二十四日）

第四夜

普通の裏側から、本質的な問題に刃を突きつけている

柳　十三年ぶりにお会いしたのが、去年（二〇一三年）の十一月三十日でした。今日が十一月二十九日なので、ちょうど一年が経ちました。わたしは、同じ相手と一年にわたって連続対談するという経験は初めてでした。山折さんは、いろいろな方と連続対談されてますよね？

山折　何回かやっています。でも、柳美里さんとの対談が最長、最多ですよ。

柳　冬、春、夏、秋、そして冬、季節が一巡しましたね。

山折　一年のうちに四回。これは本当に珍しい、初めての経験です。よっぽど相性がいいのかな？

柳　ふふふふ（笑）、うれしいです。

山折　普通なら、どこかの時点でギクシャクしてしまう。

柳　ギクシャク？

山折　ギクシャクというか、意見の対立で行き詰まりになったり、重要な点で感じ

方に隔たりがあるということに気付いたりして、もうこの辺りが潮時《しおどき》だ、これ以上続けたら、お互いあらぬことを言って関係に亀裂《きれつ》が入りそうだという不穏《ふおん》な感じが訪れる。でも、柳さんとの対談では全く感じなかった。非常に心地好《よ》かった。それは、何故でしょうか？

柳　最初から、山折さんと二人で共に漕《こ》ぎ出《だ》していくような雰囲気がありましたよね。目指す場所が沖なのか岸なのかはわからず、そこがまたいいのかもしれません。

山折　水の流れのように話が進んできた、ということですかね。

柳　わたしはあまりオールを動かさなかった気がする（笑）。

山折　柳さんっていうのは、本質は激しい人だよね？

柳　う〜ん、そういう部分もあるとは思いますが。

山折　柳さんのお仕事をずっと拝見していて、やっぱり過激な人だと、わたしは思います。特に『命』四部作の『声』、そして『自殺』という本。この二作品は、もの凄く過激な思想を和《やわ》らげたり薄めたりすることなく過激に書かれている。恐ろしい人だ、と思っていました。けれど会ってお話ししてみると、そうではなかった。過激な人と話すのだから、過激な議論になるのではないかと覚悟していたら、そうはならなかった。謎ですね。柳さんと同じように、わたし自身も、物事を自分の考えで捉える時には過激でなければならないという信念のようなものを持っています。だから若いうちは、過激なことを考え、過激な言葉で表現していた。今も考えていることは依然として過激なんですが、言葉にする時は、ゆるやかな、やさしい言葉になって来たような気がします。円熟とか、丸くなったということではないと思うんですが……

柳　柳さんは、どうですか？

山折　過激か、穏健《おんけん》か？

柳　だって柳美里は恐れられているでしょ、社会的に。あるいは文学の世界で。

山折　う〜ん、恐れられているんでしょうかね？　鬼っ子のような位置付けだな、と感じることはありますが。

柳　鬼っ子か（笑）。本質を突く、鋭いことを言う、という理由で恐れられているんじゃありませんか？

文学や言論界隈《かいわい》の人やマスコミ関係者と会って話をすることは、ほとんどないんです。二〇一二年二月に「南相馬ひばりエフエム」で「ふたりとひとり」の収録が始まり、毎週金曜日の放送なので、南相馬と鎌倉を頻繁《ひんぱん》に行き来しています。

最初のうちは、原ノ町《はらのまち》駅前のビジネスホテルに泊まってたんですが、だんだん友人や知人が増えていって、「ほだにお金無駄にすっこどねえ。おらいで構わねごんちゃ泊まってげ」と言っていただき、最近ではクリーニング店のお宅や仮設住宅などに泊まらせていただいています。つい一ヶ月前も南相馬に滞在し、農家のお宅に泊まらせていただきました。みなさん朝が早くて、五時起床なんですよ。そのお宅のご家族は七人で、小学校に通っている二人の男の子、教科書販売をしているお父さん、家事をしているお母さん、自宅の工場で精密部品を作っているおじいさんとおばあさん、寝たきりで家族の介護を受けているひいおじいさん。家族全員と一緒に食卓を囲んで朝ご飯をいただきました。そういった話が人から人に伝わって、「次はおらいさ泊まればいいべ」と誘ってくださる方が後を絶たず、誘われるままにあちこち泊まり歩いています。

普通の人の暮らしの中に溶け込んでいって、普通の人と語り合って、ものを考えて、書く。それは、優しさや柔軟さというような言葉で理解されるのかもしれませんが、鎌倉に居《きょ》を構えて小説を発表し続けている作家が、毎月のように南相馬に通って、その度に一、二週間、農家や仮設住宅に泊まり込むわけでしょ？　かなり過激な行動ですよ。

柳　変わり者だと言われることはありますね（笑）。

山折　それを変わり者というのは、あなたの本質をつかんでいないからだと思う。あなたは過激な人ですよ、やっぱり。その過激さとは何かと考えていくと、たとえば松尾芭蕉《まつおばしよう》の旅、あれは過激ですよ。良寛《りようかん》もそうです。さらに遡ると、中世の聖《ひじり》たちはみな過激だ。地縁や血縁が無い場所を取材ではなく頻繁に訪れ、一、二週間滞在して、知り合った人たちから「うちに泊まればいい」と誘われるがままに泊まり歩くなんて、現代人の普通の感覚ではあり得ない。

柳　『奥の細道』って、いいタイトルですね。あの時代の奥の細道とは、帰還が約束されているわけではない危険な道程ですよね。道程という言葉には、ある地点に着くまでの距離という意味があるけれど、ある地点にある何かを見聞しようという明確な目的があるわけではない。

山折　あるような、ないような。

柳　あるとすれば、到達すべき目的地や境地ではなく、道を歩む、その歩みそのものの中にある。

山折　そうですね。

柳　若い時は、結果や成果というものにある程度拘《こだわ》っていたような気がします。それが、消えたのかもしれない。今は、結果や成果を目指して歩んでいるわけではないし、結果は後からついて来るとすら思っていないんです。自分では意志的に歩んでいる感じはしないんですよね。先程山折さんが「水の流れのように話が進んできた」とおっしゃったけれど、流されているという感じなんです。それも受け身ではなく、積極的に流されている――。

泊まらせていただくお宅では、もてなしを受けるお客様という感じではいません。その家の人と一緒に流し場に立って洗い物をしたり、畑に行ってトマトやナスやキュウリやジャガイモを収穫したりしています。日曜日、仏間に寝転んでテレビを観ているお父さんの隣で、黙って競馬中継を眺めたり、仏壇の中の位牌《いはい》を眺めたりしていると、ときどき奇妙な感覚に囚われます。わたしは座敷わらしか、と（笑）。

山折　柳美里、座敷わらし説ですか（笑）。柳さんは子どもの頃から家族や学校という固まりの中で、その秩序や規律に従って行動するのではなくて、反抗したり、攪乱《かくらん》を起こしたり、飛び出たりして来られたわけでしょ？　それをものごころついた頃から続けて来たんだから、それが柳さんにとっての日常だったわけだ。

その日常自体が異常といえば異常なんですよ、普通の家庭人からしてみれば。けれども、柳さんは普通の裏側から、国家とは何か？　血縁とは何か？　家族とは何か？　学校とは何か？という本質的な問題に刃を突き付けている。そこが柳美里という作家の過激なところだと思います。

塵芥のように流されていく流れの只中でつかむ創造の契機

山折　わたしも元来移動型の人間でした。故郷は母親の実家がある岩手県花巻市です。大学は仙台で、卒業後に東京に出て来ました。その後、東京に出たり入ったりの時期が続きましたが、五、六年定住しているとですね、何かが腐敗して来る感覚に襲われる。そういう時が来ると、もう、ここから出たい、どこかに行きたいという欲望がもりもりと湧き上がって来るんですよ。それで京都に転居しました。今年（二〇一四年）で京都暮らしが二十五年になりますが、千年の歴史がある町ですからね、至る所に奥座敷があるんです。奥座敷に上がらないうちに表座敷だけを見て去る気持ちにはなれず、あっという間に二十五年が経ってしまった。

柳　五、六年定住すると何かが腐敗してくる感覚に襲われるというのは？

山折　自分自身の内面世界が停滞して腐り始めるという感覚ですね。その場所に長く居続けると、居心地が良くなるのではなく居た堪らなくなる。

わたしは小学校時代は東京で、花巻の中学に入学したんですが、ものすごくいじめられたんです。その体験が定着民に対する不信感に繋がっています。一《ひと》所《ところ》に長く居ると、自分自身が定着民になり、外部から流入する人間を排除するのではないか。そういう連鎖みたいなものを直感的に感じて、チャンスがあれば飛び出す、チャンスがなくても飛び出たいと思っている。そう都合良く、チャンスがあるわけじゃないですからね、職の問題もあるし。

わたしは、定着と移動という問題について、相当考え詰めたと思います。そんな時に柳美里の作品に出会って、ぴんと来るものがあった。自分の生き方と柳さんの生き方には相通ずるところがあると思った。

柳　定着と移動、土着と流浪《るろう》、というのは、わたしも考え詰めて来ました。わたしの場合、考えざるを得ない境遇に生まれたから。そもそも親が戦争というのっぴきならない事情で祖国を離れ、難民として身一つで日本に密入国したというところから始まっているわけですからね。

　わたしたち家族は日本国内を転々としました。何かがうまく行かないと、引越しをする。引越し前までは喧嘩が絶えず、「아이고《アイゴ》 죽겠다《チユツケツタ》（あぁ、死にたい）」と溜め息ばかりついていた両親が、いざ荷造りを始めると別人のように潑剌《はつらつ》としていたのをおぼえています、わたしたち家族は馬車に乗って移動するジプシーみたいでした。

　親と暮らしていた十六歳までの間に七回、十六歳で東由多加と暮らし始め、彼が亡くなる三十歳までの間に七回、引越しました。定住して半年もすると、住居周辺の風景を見慣れてきて、行きつけの店なども出来て生活が安定してしまう。その安定が、わたしにとっては必ずしも居心地が良いものではないんですよね。

山折

　そんな時に破壊衝動が起こって来るんですよね。流浪は、場に投げ出され、拠《よ》り所《どころ》が無く、自分を心細い存在にする行為だけれども、塵芥《じんかい》のように流されていくその流れの只中《ただなか》で創造の契機をつかむことはある。そういった緊張感というか、面白さはあるんだ。表現するってことは何であれ、そういう緊張の瞬間を我が物に出来るかどうかでしょ？

柳　緊張の瞬間を我が物にするためには、自分の軸を持たなければなりません。それには、安定するための思想ではなく、不安定さを支えるための思想が必要です。

山折　わたしは寺に生まれました。寺の生活がいかに世俗的かってことを知っている。檀家《だんか》制度なんてものは定着民そのもので、そこには、いじめや排除の論理が渦巻いているわけですよ。

柳　住職というのは、住む職と書きますね。

山折　だから、一種の自己矛盾でね。寺に住んで、地位、仕事、財産、人間関係などを子々孫々受け継いでいく。呪われた職業だなって、わたしは子どもの頃から思っていました。だから、いずれ寺を出る、出なきゃならない、そう心に決めていた。歴史を遡っていくと、宗教的人間というのは定住型ではない。定住や定型をぶち破った時に初めて宗教的な人間が誕生するんです。

成長の行き着く先は衰退という複眼思考

柳　山折さんは、孤独死を恐れるなとお書きになっていましたね。わたしは、行ったことのない場所をたった独りで旅して行き倒れ、身元不明のまま茶毘《だび》に付されるというのが理想だな、と自分の死を夢想することがあります。

山折　孤独死っていうのは、他人から見ると孤独なように見えますが、本人は自足しているかもしれない、その死に方で満足しているかもしれない。外側から見て勝手なこと言うなよというようなことが、日本のメディアの至る所に散見されるわけです。

柳　テレビや雑誌を見ていると、年々老いを忌《い》むべきものとして扱う動きがエスカレートしてます。中年女性をターゲットにしている化粧品のCMや女性誌のキャッチコピーは「アンチエイジング」とか「年齢肌と闘う」とか、老いを否定するどころか、敵に見立てている。少子高齢化で、老人の方が多数となる時代に突入するというのに、老いを徹底的に排除しようとしている。

山折　それで百歳長寿万歳《ひゃくさいちょうじゅばんざい》ですよね。年末に喪中《もちゅう》葉書が届くでしょ？　今年もね、既に二十枚くらい届いてますよ。

柳　わたしは、今のところ二枚です。

山折　歳の違いですね。喪中葉書を手に取って、あぁ、と思ったのはね、いつの間にか亡くなった人の年齢が九十代が多くなっているんですよ。年末の喪中葉書によって、長寿社会がひたひたと身に迫って来ていることを知らされる。

柳　老いや死を、肯定的に捉えることが必要なのではないでしょうか。わたし、この間、遠近両用眼鏡を作ったんですよ。近くの文字が見えづらくなったので。

山折　ようやく老眼鏡が必要になって来ましたね（笑）。

柳　わたしは小学生の頃から近視と乱視がひどくて、眼鏡とコンタクトを併用してます。最初は、老眼だと気付かず、近視の度数が進んだのかと思ったんですね。そしたら、眼鏡屋の店員が、ボカして訊ねるんですよ。「お近くのものを見るのが、不便ということはないですか？」と。「それって、老眼ってことですか？」と訊ね直したんですが、それでも困ったような、曖昧な返事をするんです。遠近両用の眼鏡を作る場合、細いフレームより丸く大きなフレームの方がいいそうなんですが、それも非常にボカして言うから、よくわからないんですよ。「わたしは老眼鏡を作ります。老眼鏡に適したフレームはどれですか？」と老眼鏡という言葉を二回繰り返して言うと、ちょっと怯《ひる》んだように言葉に詰まりました。老眼って言葉は使っちゃいけないことになってるんですね。老眼は、客に対して失礼な言葉であるという捉え方なんですよ、差別語であるかのような。日本社会全体が、老いを恥ずべきネガティブなものとして記号化している。

山折　あの「後期高齢者」という言葉、老人たちがみんな、失礼だ、差別的だと大騒ぎしましたよね。わたしは全く違和感をおぼえませんでした。わたしも後期高齢者の仲間に入ったと。お次は末期高齢者で、その次は臨終期高齢者だ。後期高齢、末期高齢、臨終期高齢、この三段階を経て死に至る。何故、はっきり言わないのか？　そう表現しないのか？　何故、はっきり言われることが嫌なのか？　そう表現されたくないのか？　ぼくは首を傾《かし》げ続けています。

それでアンチエイジングとなるわけですよ。老いと闘うことなんて出来るものか、と思いますけどね。平均寿命が八十歳を超えた段階で、介護や高齢化医療や年金の問題が肥大化《ひだいか》して来たが、それらの問題に対して政治も経済も対応出来ていない。介護や高齢化医療や年金等々によって財政破綻したら、日本という国家は沈むんです。

柳　これだけ少子高齢化が加速しているというのに、経済成長という名のバブル期のイメージを追い求めているのは、普通に考えると、どうかしてますよね。

山折　どうかしてるし、自信が無いんでしょう。老いて、伴侶《はんりょ》に先立たれて独りになっても生きていくんだ、生きていけるんだ、孤独死は決して辛く淋しいものではないんだと、国家としても、共同体としても、個人としても自信を持って言うことが出来ない。そういう自信を、我々は文化や歴史の中に蓄積して来たはずなんです。でも、それに学ぼうともしない。

柳　山折さんはどこかのインタビューで「景気暮らし」という言葉を使われていました。日本人はいつの頃からか、景気に暮らしを左右されている。落語を聴けばわかりますが、昔の日本には、長屋で貧乏暮らしを通したり、貧乏を嗜《たしな》みだと豪語する人までいた。貧乏という豊かな精神世界が存在した。お大尽《だいじん》や成《なり》金《きん》という言葉に含まれていたのは、羨望《せんぼう》ではなく軽蔑のニュアンスです。

山折　「成長戦略」に対しては「衰退戦略」です。進化という言葉があります。進化は即《すなわ》ち退化だという考え方があるわけですよ。物事は進化していく、発展、成長しているように見えるけれども、それは必ず衰退していく兆候を内包している。ものの見方によっては、成長の行き着く先は衰退、進化と退化の方向は同じだと言えるのではないか――。この複眼思考を、昔の人は持っていました。今の世の中は繁栄《はんえい》しているけれども、行き着くところはだいたい決まっているぞ、盛者必衰《じょうしゃひっすい》だ、と。ところが、そういう複眼思考が、近頃は語られない。

柳　年末、テレビの街頭インタビューで街行く人々に「来年は何を望みますか？」と訊ねると、「景気回復」という声が一番多いですよね。

山折　要するに株価、円相場、これでしょ？　それで一喜一憂するわけだ。物事の重大な判断が全て経済によって左右される、金本位制なわけです。まさしく定着民固有の考え方だ。どこかに定着してしまうと、何とか場所を確保して維持したい、そこで蓄積したものを失いたくないと汲々《きゅうきゅう》とする。人間関係も同様です。

柳　流浪の民は移動する度に、場所、蓄積したもの、人間関係を失います。でも、新しい場所や人間関係に対する不安や脅威によって、孤独や孤立によって、自分という存在が問い質《ただ》され、予見不可能な事や時へと自分を拓《ひら》いていく覚悟が生まれるわけです。逆説的ではありますが、流浪していた方が、自己に対する在り方を定立しやすいのかもしれません。

山折　定着するライフスタイルの中に居場所が在るとは限らない。

柳　定着というライフスタイルは「私」を囲い込んでしまうじゃないですか。「私」を囲うのは家族、集落、町、国です。囲われると所属意識が強くなり、その囲いを「私」のテリトリーだと思い込んでしまう。そして、他所《よそ》からの流入者をテリトリーを侵《おか》したとして排除していく。

わたしは、排除する側ではなく、排除される側で良かったと心底思います。わたしには、国も無ければ、故郷も無い。家族も、父と母が離別したことによって散り散りになってしまった。わたしには囲いが無かったんです。他所に流れ着くと、その地域の人を介《かい》して言葉、食文化、習俗に出会う。その出会いによって、囲いが無い剝き出しのわたしは自分を更新せざるを得ない。定着民は他者を排除するために囲いを強化しますが、囲いを持たない流浪民は他者を自分の内側に取り込みます。

山折　人間には定着願望があります。しかし、定着すると、成長や進化とは裏腹《うらはら》の衰退や退化が始まるわけです。それをどうしたら打ち破れるのかというところで、人々は古《いにしえ》から知恵を出し合って、ライフスタイルに変化や節目を取り入れた。

その中の一つが旅でしょうね。暮らしている土地から一時的に離れる。昔は徒歩で旅に出るしかなかったわけだから、追い剝ぎに遭《あ》ったり、急病に襲われ行き倒れたりする命の危険を伴うものだった。無事に帰還出来るという保証はないけれど、自分を守る囲いから飛び出し、旅人という無防備な存在になるということは、人生を刷新《さっしん》する経験であるし、帰還を果たせれば新しい風を囲いの中に吹き込ませることにもなる。

現代では、大東京に定着している人間が一千万人を超えています（二〇一九年三月現在・一千三百八十五万人／東京都総務局調べ）。結婚して子どもを持つと住宅ローンを組んで首都圏や郊外にマンションや戸建を購入する。先程金本位制と言ったけれども、日本はいつからか土地本位制に固められてしまった。都市民というのは、本来は移動性豊かな人たちだった。日本各地から単身でやって来て、別の場所に流れて行ったり、帰郷したり、再びやって来たりする生き方をしていた人たちだった。しかし、今は違う。地方から東京にわーっと進出して来て、皆そこに定住する。不幸ですね。

未知なるものに対する五感を使った挑戦

柳　今お話を伺いながら、わたしは五感について考えています。パソコン、スマートフォンから得られるのは、全部目から入る情報ですよね。YouTubeやニコニコ動画などは耳からの情報もありますが、人間の感覚は視覚と聴覚だけではありません。見る、聴く、嗅ぐ、触る、味わうという五感を刺激する行為の中で、最も対象との距離があるのが、見るという行為です。聴くならば、もっと近付かなくてはならないし、嗅ぐならばさらに近付かなくてはならない。触れるならば手の届く距離、味わうというのは対象を口の中に入れる、即ち距離を無くして一体化する行為です。

テレビやインターネットや新聞や週刊誌で知ることが出来る範囲というのは、非常に狭い。知ることは安全な行為ではありません。指を伸ばして触れたら、噛まれたり引っ掻かれたり、飲んだり食べたりして味わったら、毒にやられて死んでしまうかもしれない。そもそも知るという行為には危険が伴います。

山折　十三年前、平等院鳳凰堂で初めてお会いした時に、山折さんは毎朝三時とか四時とかまだ暗いうちに起床されて、敢《あ》えて電気をつけずに暗闇の中でやかんでお湯を沸かし急須《きゅうす》から湯呑に注《そそ》ぐとおっしゃった。その光景を想像しながら何年も考えていたんです。暗闇の中では、やかんから立ちのぼる白い湯気は見えないかもしれない。お湯が沸騰《ふっとう》する音は聞こえるだろう。急須にお湯を注ぐ時は緑茶の香りを嗅ぐだろう。湯呑を両手で持てば、その熱さを両の手の平で感じるだろう。そして、お茶を味わう——。山折さんは、視覚以外の感覚を呼び覚ますところから一日を始められているのだな、と気付いたんです。

柳　暁闇《ぎょうあん》の中でお茶を淹《い》れて湯呑を両手で持つ時の、あの温《ぬく》もりっていうのは、なかなか凄いものです。それを日課にしたきっかけは、インド体験なんですよ。

山折　おいくつの時ですか？

柳　インドに初めて行ったのは三十代後半です。カルカッタからデリーまで夜行列車に乗ったんです。現地のことをよく知っている方の案内で、三等車に乗りました。真夜中、列車は大平原を走ってたんですが、突然、停車したんです。停電ですよ。よくあるんです、インドでは。車内の電気は全部消えてしまった。外を見たら、光はどこにも無い。日本列島っていうのは、どこに行っても灯りの一つや二つは見えるものですよね、よっぽどの山奥じゃない限り。インドで体験したのは、まさに漆黒の闇です。恐怖をおぼえました。空間恐怖っていうのは、こういう恐怖なのか、と。すると、その時、真っ暗闇の車内を少年が歩いて来たんです。お茶を売りに来たんですよ。わたしは少年を呼び止めて、素焼きの酒坏《さかずき》みたいな器にお茶を注《つ》いでもらった。その素焼きを両手で捧げ持つようにして、お茶を飲んだ。いやぁ、甘露《かんろ》の味でした。それが暁闇のお茶を日課にするようになった原体験です。

もう一つ感じたことは、さっき柳さんがおっしゃったことと関連するんですが、わたしは大学時代にインド哲学を専攻したので、インドに関しては書物を通してよく知っていました。インドの音楽も聴いていた。視覚と聴覚では、インドをかなり理解していたつもりになってたんですよ。ところが、実際にインドに行ってみて驚いたのは、匂いです。五感の中で最も活発に動き出したのは嗅覚だった。インドの文化っていうのは、自分が育った文化とはまるで違うのだということを、町中のあちらこちらから訴えてくるような匂いによって気付かされた。

異文化理解ってよく言いますでしょ。異文化の異文化たる所以《ゆえん》は嗅覚にある

柳

ということを、あのとき自分の鼻で実感しました。そこで生きていくためには、まず匂いに慣れなければならない。インドのお茶は良い香りだから、何の躊躇《ためら》いもなく飲みましたけれど、そうじゃないものはいくらもあります。不快な匂いを発するものを口に入れるのか入れないのか、という決断をいちいちしなければならない。異文化の相互理解っていうのは、臭覚抜きでは生まれませんよ。

いま、学校教育の現場では盛んにＩＴ化が叫ばれていますが、パソコンでは触覚、臭覚、味覚を学ぶことは出来ませんものね。

わたしの息子が幼稚園に入園した時、びっくりしたことがあります。幼稚園の先生によると、泥に触れられない子が多いというんですね。泥は汚いから触ってはいけない、と母親に教えられているから、泥んこ遊びを嫌がる子が多い、と。昆虫嫌いな子も増えてるそうです。

わたしはこの十年くらい、同じスーパーで気を付けて観察しているんですけれども、年々殺虫剤のコーナーが細分化され、棚も増えていってるんですよ。即効性のある薬剤と持続性のある薬剤があるんですけど、ゴキブリ、カ、ハチ、ハエ、ムカデ、毛虫、ダニ、ノミ、シロアリなど害虫として馴染み深いものだけではなく、アリ、アブラムシ、カメムシ、ダンゴムシ、コオロギ、カタツムリまでもが殺虫対象としてパッケージに書かれている。退治、駆除、シャットアウト、一撃必殺など過激な売り文句を見る度、昆虫好きのわたしとしては「殺さないで！」と叫びたくなります。

ある製薬会社は「殺虫剤」と呼んできた商品を「虫ケア用品」という名称に変更しました。「殺虫剤」は「人体に有害なイメージがあり、使うのが怖い」と考える消費者が全体の五パーセント程度存在するといい、「マイナスイメージを払拭《ふっしょく》する狙いがある」ということなんですけど、虫を殺すことが、虫をケアすることなんでしょうか？　虫を手や網で捕まえる、虫に顔を近付けて見る、アゲハチョウの幼虫が威嚇《いかく》のために出す黄色い臭角《しゅうかく》の匂いを嗅ぐ、カメムシの警戒フェロモンの匂いを嗅ぐ。子どもは好奇心の固まりですから、何にでも手を伸ばし、触れて、口に入れて、舐めたり齧《かじ》ったりして、世界を味わっていきます。もちろん、子どもが大怪我や病気に繋《つな》がるような行為に及んだ場合は大人が制止する必要があります。でも、土に触ったり虫を捕まえたりする体験まで、汚い、危ない、と子どもから取り上げてしまうのは、いかがなものだろうかと思うわけです。

山折

近代というものは、視覚中心の文化を生み出しているんですよね。顕微鏡や望遠鏡で見えるものは実在し、目に見えないものは実在しない、と。視覚が物事の判断の中心に据えられ、知識の王座を占めてきた。そうするとですね、人知を超えた大いなる存在を感知する能力が鈍磨《どんま》していく。それこそ、紛れもない退化です。

柳　わたしは今年の夏、蝶を自宅で二十頭くらい孵《かえ》したんですよ。

山折　ほう、芋虫から飼って？

柳　散歩の時に、それぞれの蝶のそれぞれの食草を探して、葉っぱをよく見るんです。幼虫を見付けることもあるし、タイミングが良ければ、飛んで来た蝶が、わたしの目の前で葉っぱに卵を産み付けてくれる時もあります。その卵や幼虫を食草ごと大事に持ち帰って、一輪挿《いちりんざ》しに生ける。ツマグロヒョウモンとかキアゲハとかイボタガとかさまざまな種類の蝶を羽化《うか》させて外に放ってるんです。
　仕事や食事をしながら、毎日観察をしています。芋虫にとっては人間の体温は熱すぎて火傷《やけど》してしまうから手に這わせることは出来ないんですが、そうっと触れると柔らかいんですよ。頭部に息を吹き掛けると、角を出して威嚇《いかく》します。アゲハの角は柑橘《かんきつ》系の匂いがします。葉っぱを齧る芋虫や毛虫に顔を近付けると、葉っぱの匂いが鼻先に漂って来ます。耳を澄ませばパリパリパリと葉っぱを食べる音がするし、サナギになって羽化する瞬間も、パリッとサナギが裂ける微《かす》かな音が聞こえます。
　毛虫や芋虫の中で毒を有する種類はごく僅かです。果樹や野菜の葉っぱを食べるといっても、裸にしてしまうわけではない。観察し理解することなしに、殺虫剤、「虫ケア用品」で一網打尽《いちもうだじん》に殺してしまう風潮に、わたしはどうしても嫌なものを感じてしまうんです。

山折　蜂には刺されない方がいいと考えるのと、蜂を殺してしまえばいいと考えるのとでは大違いだからね。

柳　小さい頃、蜂に刺されることがやめられなかった時期がありました。手の平に蜂を閉じ込めて、刺されるか、刺されないか、自分で占うんです。ミツバチ、クマンバチでは刺されなかった。思い切ってスズメバチを捕らえてみたら、いきなり刺され、あまりの痛さに気絶してしまったんですね。危険なことをしているという自覚はあったんですが、刺される、刺されない、という蜂占いで刺されることをどこかで期待しているという部分はありましたね。痛みを味わってみたいという——。

山折　痛みを味わってみたいというのは、解らないでもないですね。それは未知な

柳

るものに対する挑戦じゃないかな。

未知との遭遇（笑）、ある意味、旅ですね。知らない物や事に出会いたいという欲求が子どもの頃から強かった気がします。

痛みも、その一つです。痛みというのは、極めて固有のものです。同じ痛みというのは、この世には存在しない。わたしは東由多加を癌で亡くしました。最後の数ヶ月は病室に泊まり込んで看病したわけですが、目の前で苦しんでいる彼の痛みを、半分でも引き受けることは不可能だし、食道から肺や胃や肝臓や両リンパに転移した癌の痛みというのは、どれほどのものなのか想像することすら難しい。同じ病院に同じ症状の人が入院していたかもしれませんが、じゃあ、その人の痛みと彼の痛みが同じかというと、痛む主体が異なれば痛みの感じ方も異なるはずです。その痛みを痛むことが出来るのは、その人だけですから、痛みを抱える人は誰よりも孤独です。

「ふたりとひとり」で、津波で家族や親族や友人を失った方々、原発事故で先祖伝来の土地を汚された方々のお話を聴いていても、その痛みを痛むことは出来ません。痛みを痛むことは出来なくても、痛みを悼《いた》むことは出来るのではないか――、わたしにとって、聴く、祈る、悼むという行為は一つの線で繋がっています。

山折　今の話で思い出したのは、認知症の問題です。小学校で、認知症を患《わずら》っている人と出会った時に、どういう態度で接したらいいのかという講座が開かれているんですね。認知症に対する理解と支援を広げるための試みの一つなんですが、三つの答えを用意して、子どもたちに選ばせてるんです。

「もし下校時に、認知症にかかったおじいさん、あるいはおばあさんと擦れ違ったら、あなたはどうしますか?」という問いに対する答えです。

一つ目、認知症の人に近付き、「大丈夫ですか?」と声を掛ける。二つ目、お父さんかお母さんに知らせる。三つ目、交番に行って通報する。

あなたは、どのような行動を取りますか?という一種の頭のエクササイズです。一、二、三とそれぞれの答えを選ぶ子どもたちが出て来るわけです。回答は、全て正しいです、となる。

なるほど、それはそうかもしれない。見て見ぬ振りをするのではなく、まず関心を向け、行動しなさい、ということだ。しかし、これでは行動を取った段階で完結してしまう、満足してしまう。第一幕で終わってしまうんじゃないか、とぼくは思うんですよ。子どもの教育という観点としても、現代社会における倫理の問題としても、第二幕が必要じゃないか、と。

たとえば――、銀座四丁目の角に、ホームレスに見えなくもない一人の老人が横たわっている。多くの通行人は通り過ぎるでしょう。でも、誰かが近寄って「大丈夫ですか?」と声を掛ける。様子がおかしいことに気付いて、一一九番する人も必ず出て来るでしょう。ここまでは、誰でも出来ますよね。やがて救急車がやって来る。救急隊員が降りてきて、老人を担架に乗せ、救急車に運び入れる。救急車がサイレンを鳴らして去って行くと、銀座四丁目は何事もなかったかのように、いつもの姿に戻る。通行人もほっとして、信号が青になるのを待って横断歩道を渡って行く。歩み寄って声を掛けた人、一一九番に通報した人は、善《よ》いことをした、というある種の自己満足のうちに家路を辿る――、こうなるでしょうな。

でも、本当はね、その老人と共に救急車に乗り込んで病院までついて行く、という選択があってもいいわけですよ。足を止めて、歩み寄って、声を掛けるという縁《えん》を持ったんだから、とにかく病院までは行く。病院の救急入口に到着して、「それでは、あとはお願いいたします」と言って帰るという選択肢もあるかもしれないが、容態を確かめるまでは廊下で待っている。老人の意識が戻らず入院ということになったら、自分の会社の上司や家族に電話をして事情を説明し、病室に泊まり込む。意識が戻り、身元が判明するまで病院に通い続ける――。ヒューマニズムや人間愛の観点から考えれば、そういう人が出て来てもいいわけです。しかし、いま話した第二幕は、我々の社会では可能性としても語られない、想定も想像もされない。教育の現場でも語られない。先程の第一幕のレベル、通報するところまでで終わらせているわけです。人間としてこう在るべきだという理念、理想像を示すということを放棄しているんだ、我々の社会は。

第二幕の次には、第三幕がある。第三幕では、先程のインドの話が出て来る。というのはね、インドに行くようになって、しばしば出会うのは、行き倒れなんです。街を歩いていると、至る所に行き倒れの人がいる。まだ息があるのか、既に息絶えているのかはわからない。立ち止まってじーっと見ているとね、大半のインド人はただ通り過ぎて行く。誰も関心らしい関心を示さない。日本ならば、必ず誰かが歩み寄り、携帯電話で一一九番を掛けて、しばらくして救急車が来る。しかし、インドではそんな気配がない。その非情なインドの街角の風景を見ていてね、はっと気付いたんですよ。インドは仏教の発祥地だったな、と。あのガンジーを生んだ地だと思った時にね、道端に転がっている石っころ一つの価値と、犬っころ一匹の価値と、人ひとりの価値は同じなのではないか、と思った。それは、実に過激な平等主義です。でも、それが仏教の本質なのではないか――。第三幕まで来て、初めて宗教倫理的な世界が立ち現れてくる。

わたしたちは言葉ではなく沈黙によって結ばれる

柳　日が暮れて来ましたね。窓から一年前と同じような紅葉が見えていましたが、日が暮れて見えなくなりましたね。

山折　日が暮れると、自然は表情を変えますね。

柳　そして、暗闇が広がる。山折さんはインドの列車の中で漆黒の闇を体験したそうですが、わたしは真夜中の山の急斜面を手探りで下りたことがあるんです。

わたしは四十歳、息子は八歳でした。一日目は、大清水《おおしみず》から尾瀬沼《おぜぬま》まで四時間歩いて、尾瀬沼ヒュッテに泊まったんです。宿の人に、物見山《ものみやま》新道から奥鬼《おくき》怒《ぬ》へ抜けるルートを訊ねると、「何時間も四つん這いになって登る急斜面が続きます。尾瀬は整備されているけど、あっちはほとんど廃道になってるから、お子さん連れじゃ無理だよ。上級者でも難しいルートだから、やめなさい」と言われたのに、標高二千百十三メートルの山を舐めてかかってしまった。途中、道に迷って藪漕《やぶこ》ぎしながら急斜面を登って、息子は「怖いよー！」と木の幹にしがみついて泣き出し、本当にかわいそうなことをしました。奇跡的に一瞬だけ携帯電話の電波が通じて、尾瀬沼ヒュッテに繋がり、逆方向だということを教えてもらったんです。正しいルートに出ることは出たんですが、大きなロスをしたせいで、頂上に着いたのは午後四時半、日没は五時です。

下山を始めるとすぐに日が暮れて、断崖絶壁の下に滝があるという危険なポイントで日が落ち切ってしまいました。足を半歩踏み間違えたら転落して死ぬという難所だから、本当は動かずに夜明けを待つべきだったんでしょうが、飲み物も食べ物も尽きていたし、ツキノワグマが出没する山なので、懐中電灯で息子の足下を照らしてやり一歩ずつ下山して行ったんですよ。恐怖に体の芯をつかまれた感じで、膝の力が抜けて足を踏ん張れないし、息子と手を繋いでいる左手が痺れて感覚が無いんです。木々が生い茂って、空が見えないから月や星の光も射し込まない――。

宿泊予約を入れていた宿の従業員の方々が捜索隊を組んでくださり、わたしたちは無事発見されました。

「無茶な計画立てると、いろんな人に迷惑かけるからね。子どもはおぼえてるよ。危ない目に遭わされたって。大人になっても忘れないよ。駄目だよ！　こんな無茶なことしちゃ！　反省しなさい！」と怒鳴られました。でも息子には、「いい体験したな」と言ってくださったんです。幸いなことに、息子はそれから登山の魅力に取《と》り憑《つ》かれ、毎年夏休みには独りで北アルプスの三千メートル級の山々を縦走《じゅうそう》しています。物見山にもいつか再チャレンジしたいと言っています。

でも、あの闇は、人生で初めて体験した完全な闇でした。分厚くて、生きてるみたいな闇……

山折　……………

柳　……………

山折　沈黙ですね。出て来る言葉を待ちましょう。出て来た言葉から行きましょう。

柳　……………

山折　真の苦境に追い込まれた時、知識として体に染み込ませたものは全て揮発《きはつ》します。最後に何が残るのか？　自分の苦境と、苦境に陥った自分の気持ちを相手に伝えるためには、言葉に拠《よ》るしかない。でも、言葉は一言も思い付かない。長い沈黙が続く。長い長い沈黙を経て、一つ、二つの言葉が出て来る。それは、認知症になって記憶の混濁《こんだく》に苦しんでいる人にとっても、末期癌になって想像を絶する痛みと死の恐怖に苦しんでいる人にとっても同じことだ。苦しみによって言葉を剝ぎ取られた人の口からも、叫びのような言葉は飛び出して来る。苦しみによって、存在の芯の部分が露出してしまった瞬間、呪いにも通じる祈りや、動物的な叫びや呻き、そういうものが声になって飛び出して来る。もしかすると、人間の言葉の水源地というのは、苦しみや不安や恐怖の只中に在るのかもしれない。三十万年前にこの地上に姿を現した人類は、漆黒のような闇に取り囲まれ、空間恐怖や時間恐怖に襲われながら、どうにかしてくれよという叫び声を口から出した。直立二足歩行を始めた人類の不安や恐怖を表す叫びや呻吟《しんぎん》の中から、長い時を経て、やがて妄想のような、まじないのような、祈りのような言葉が生まれ、それが詩に変容していった。

現代人というのは、何千年と知識によって積み重ねられた言葉を伝達し、それを八十年だかの人生の中で記憶して使っているわけだけれども、知識の言葉に頼り切っている現代社会は、もはや停滞する以外にない。

柳　わたしも言葉を使って仕事をしているわけだけれども、言葉の束縛《そくばく》から解き放たれる時間を持たなければ、心の平安は得られないと思います。自分から言葉を剝ぎ取るために、わたしは登山やマラソンをするのかもしれない。

山折　今日は沈黙の時間は許されていないわけですが、先程は黙り合いましたね。

柳　沈黙というのは、言葉と言葉の断絶や溝ではなくて、言葉と言葉の梯子《はしご》みたいなものですね。

山折　沈黙は、最高で最終的な宗教言語なんです。沈黙が宗教言語であるということを忘れたから、気の利いた不必要な言葉を沈黙に注入し始めるわけですよ。沈黙の大切さを忘れた日本人は、ケアだとかカウンセリングなどというカタカナ語に毒されています。宗教の役割は、「私」を囲って守ったり整えたりすることではなく、「私」の周りにある何重もの囲いを取り去り、祈りによって沈黙と混ざり合う瞬間を体験させることなのではないでしょうか。そこには一つのカオス、混沌《こんとん》の状態が生まれる。エネルギーに満ち満ちた混沌です。

柳　言葉ではなくて、沈黙によって神や仏や人と結ばれるということですね。

山折　そろそろ我々の周りにも沈黙の闇が迫って来ました。十四年前、初めて柳美里という人を目の前にした時、現代に半跏思惟像《はんかしゆいぞう》が出現したなと思いましたが、今こうやって薄闇の中で相対して改めて思います。弥勒菩薩のような人だな、と。

（二〇一四年十一月二十九日）

第五夜

いのちの対話がはじまるんだよ 死んでしまった人と生き残った人の

柳　また、ずいぶんとご無沙汰してしまいました。前回お会いしたのが二〇一四年十一月末なので、四年三ヶ月ぶり、ということになりますね。月日って、あっという間に流れるものなんですね。

山折　だからというわけではないけれども、熱燗《あつかん》をちびりちびりやりながら行きましょうか。時間が縮んで、全部昨日のことになるかもしれませんよ（笑）。

柳　じゃあ、わたしも熱燗で。東北からしたらずいぶん南だから暖かいだろうと思って薄着で来ちゃったんですけど、京都も寒かった。熱燗は体が温まりますね。山折さんは、毎日お飲みになるんですか？

山折　アルコール中毒ですからね（笑）。医者には一日くらいやめろと言われてるんだけど、だいたい毎日ですよ。

柳　わたしはうちでは一滴《いってき》も飲みません。人と話をする時だけです。

山折　柳さんは、二〇一五年から激動の日々を送っていらっしゃる。

柳　十四年間暮らした鎌倉の家を引き払い、南相馬に転居して、旧「警戒区域」の小高《おだか》に本屋を開き、小高の自宅裏の倉庫で、四半世紀休眠状態だった演劇ユニット「青春五月党」の復活公演を行ったわけですから、自分でも激動だなと驚いています。

山折　いや、びっくりしましたよ。いきなり転居葉書が届いて、何の説明もなかったから。

柳　昨年二〇一八年三月二十五日に臨時災害放送局「南相馬ひばりエフエム」が閉局するまで、「ふたりとひとり」という番組を担当し、最終回までに約六百人の方のお話を収録しました。二〇一一年四月から、南相馬に転居した二〇一五年三月まで、鎌倉と福島の相双地区を頻繁《ひんぱん》に行き来していました。それが時間的にも金銭的にも厳しかったということが一つ。ラジオをやめて鎌倉に住み続けるか、鎌倉から南相馬に転居してラジオを続けるか、という選択を迫られたということですね。もう一つは、福島県の浜通りから遠く離れた鎌倉に暮らしの場を確保していることに心が苦しくなった——。

山折　わたしは柳さんが「ふたりとひとり」という言葉を発見した時にね、そういうことにならざるを得ないだろうなと予感していました。

柳　あぁ……

山折　ふたりとひとり、いい言葉ですよ。

柳　今の山折さんの、「ふたりとひとり」という言葉がわたしに方向を示したというご指摘、そうかもしれないと思います。わたしと地元の方が一対一でお話しする番組だったらまた違う結果になっていたかもしれません。「お二人でご出演ください」と依頼すると、だいたい一番親しい人を誘うんですよ。夫婦、友人、親子、きょうだい、恋人――、共振的な関係の他者です。わたしは、見詰め合い、頷き合い、語らい合うお二人の関係を見て、お二人の物語を聴くという役割でした。二人というのは人間関係の最小単位ですよね。二人を編み合わせていくと、その先に最も小さな社会である家庭があり、家族が寄り合わさって生まれた集落があり、町がある。わたしは「フクシマ」「被災者」と容赦《ようしや》なく大きな括弧《かつこ》で括《くく》られてしまった、括弧内の無数の二人を発掘し、その関係を築き上げた出来事や時間、南相馬での暮らしを伝えたかったんです。

山折　柳さんの中には、伝えなければならないという使命感もあったでしょう、閉局まで続けると約束したのだから約束は守らなければならないという義務感もあったでしょう。けれども一番大きかったのは、その「ふたりとひとり」という決して三人には混ざり合わない人間関係だったのではないかな。

柳さんは原発事故の直後に初めて南相馬を訪れた。来訪者、よそ者である柳さんが、南相馬の臨時災害放送局で地元の二人を招く番組を受け持った。柳さんの番組にゲストとして招かれる南相馬の二人の話を伝えているうちに、いつの間にか、柳さんが南相馬にゲストとして招かれ、住民となっていた。繰り返し迎えているうちに、迎えられる者になっていた。「ふたりとひとり」の反転がドラマになったわけだ。南相馬市小高区に本屋フルハウスが誕生し、その自宅敷地内にLa MaMa ODAKAという小劇場が誕生し、四半世紀ぶりに青春五月党が復活し、新作戯曲「町の形見」というドラマが誕生した。

偶然が重なったんです。そもそも本屋を開く土地が見つからなかったんです。わたしが暮らしているのは原発から十六キロ地点の旧「警戒区域」です。原発事故前約一万三千人だった住民数はようやく三千人を超えたばかりです。帰還を断念して家を取り壊した方もかなりいらっしゃるので、どんどん空き地が増えています。小高駅の近くに空き地を購入したい、と小高の知人の何人かに声を掛けてみたり、小高区役所に通ったりしてみたんですが、みなさん、先祖伝来の土地を守らなければならない、ご先祖に申し訳が立たない、と土地を売却することに対する抵抗感が強いんです。とりわけ駅の近くは皆無でした。

Twitterで小高で本屋を開きたいとつぶやいていたら、息子が通っていた地元の県立高校の先輩から「わたしは大反対したのですが、母親の実家の小高の家が売られそうになっています。知らない人の手に渡るのは悲しいので、柳さんに買っていただけないでしょうか？　本屋が出来れば、小高の人は喜びます」とDM（ダイレクトメッセージ）が届きました。十代の彼と土地売買の交渉をするわけにはいかないので、地権者である彼のお母様のお兄様をご紹介いただき、中古住宅付きの百五十坪の土地を約二千万円で購入し、六百万円かけて改装工事とハウスクリーニングを行いました。「警戒区域」に指定されていた間にトイレなどの水回りが駄目になり、ネズミなどが入り込んで室内を荒らしていたんです。

新刊書店をオープンするにあたっての一番高いハードルは、取次でした。編集者などに相談しても、取次は住民三千人の町の十坪の本屋とはまず契約しないと思う、奇跡的に契約してくれることになったとしても、人的保証や信任金（取引保証金）約二百万円を用意しなければならないし、月商約二百万円をクリアする事業計画を立てなければならない。月商二百万円というと、一ヶ月三十日営業で一日約七万円の売り上げ目標をクリアしなければならない計算になりますから、不可能に近いですよね。とりあえず古書店としてスタートして、何年かして新刊書店としてリニューアルオープンする道を模索するしかないか、と諦めかけていたんですよ。

二〇一七年十月、三陸鉄道《さんりくてつどう》に乗ったんです。以前、三鉄の望月正彦《もちづきまさひこ》（元）社長と盛岡でお会いした際に、「津波の被害が大きかった駅を中心にご案内したい」とお誘いいただき、「いつか三鉄に乗りに行きます」と約束をしていたんですね。約束を果たすために、三鉄の映像番組の仕事を引き受けて、望月社長の次の中村一郎《なかむらいちろう》社長に田老《たろう》、島越《しまのこし》、田野畑《たのはた》などの駅をご案内いただいたんです。三鉄の北リアス線の終点、宮古《みやこ》駅で降りて、浄土ヶ浜《じょうどがはま》パークホテルに一泊しました。翌朝、チェックアウトの際に、「柳さん」と声を掛けられたんです。振り返ると、背広姿の男性が三人立っていて、「取次の日販（日本出版販売）です」と挨拶されました。「柳さん、南相馬で本屋を開きたいという新聞記事を読みました。取次は決まりましたか？」と訊ねられて、「まさにそれがネックなんです。いろいろ調べると新刊書店は無理なんじゃないかなと思うので、古書店から始めます」と答えました。すると、「いま、社長が下りて来るので、ちょっと待っていただけますか？」と言われて、思わぬ展開に棒立ちになりました。

日販では、一年に三日間、社長が東北の社員と共に岩手、宮城、福島の沿岸部を巡ることを二〇一一年から続けていて、二〇一七年は岩手で、わたしが三鉄の旅をした三日間と日販社長の三日間が、たまたま重なったんですね。エレベーターから現れた日販の平林彰《ひらばやしあきら》社長に、仙台の日販東北支店の方々が「社長、柳さんが小高に開くフルハウスを担当してもいいですか？　社長にいいと言っていただければ、我々は動けますから」と直訴《じきそ》してくれました。そしたら社長が、やっていいというようなことをおっしゃって、それでもわたしは社交辞令じゃないかと半信半疑だったんですが、すぐに東北支店の方からメールがあって、翌週には小高にいらしてくださり、新刊書店としての道が拓《ひら》けたんです。

震災の年に、わたしも共同通信の仕事で浪江町《なみえまち》に行きました。京都から仙台空港まで飛んで、それから車で、相馬、南相馬、浪江へ。相馬では車窓から人が、日常生活が見えた。でも、六号線を南下して南相馬に入った途端、人気《ひとけ》が途絶えた。六号線から逸《そ》れて町の中心部に行けば、開いている店もあるということは聞いておりましたが、六号線を走っている車の中からは人が見えなかった。浪江町に入って、海の方に行ったら、墓石が全部倒れていた。山の方にあ

山折

る大きなお寺の墓石や石塔も倒れていて……その破壊と荒廃に息を呑みました。

柳　それから、海の近くの小学校の中に入ったんです。

山折　請戸《うけど》小学校ですね。請戸は、浪江町で最も津波による被害が大きかった地域で百十九名の方がお亡くなりになり、いまだに二十四名の方が行方不明です。

柳　請戸小学校の二階に上がると時計があって、時計の針は三時三十八分を指したまま止まっている。地震発生から約五十分後に津波が来たんですが、五十分の間に全校生徒の避難が完了したそうです。地震発生から高台への避難までの様子を、当時の先生と教育委員会の方から伺いました。

その後、請戸海岸に行って、しばらく立ち尽くしました。果たして浪江町は復興するのかと思案しながら、ふと右の方角を見たら、あの福島第一原発の……

山折　排気筒ですね。請戸の海岸から原発までは約七キロです。

柳　山形県の曹洞宗《そうとうしゅう》の僧侶が中心となっている「被災地に届けたい『お地蔵さん』プロジェクト」にわたしは賛同し、その運動に参加していました。大槌町《おおつちちょう》、石巻市《いしのまき》、東松島《ひがしまつしま》市、名取《なとり》市、亘理町《わたりちょう》、飯舘村《いいたてむら》、南相馬市など多くの被災地にお地蔵さんを届けるために、津波被害の大きかった沿岸部の地域を巡ることになったんです。

柳　二〇一三年のことです。そのプロジェクトの趣意書《しゆいしよ》の執筆を依頼されたんです。誰にも読まれないのを趣意書って言うんだけれども、これは読んでもらわなければいけないということで、慣れない詩を書いたんですよ。「平成地蔵讃歌」ですね。「いのちの対話がはじまるんだよ／死んでしまった人と生き残った人の／その出会いの場所で／その場所に／お地蔵さんが立っている」

山折　今お話を聴いて、柳さんの行動と、わたしがやろうとしていたことは、どこかで重なっていたなと感じました。

存在の重さと存在の軽さ

柳　山折さんがご体調を崩されたのは、二〇一六年末ですよね。

山折　そうです。元々心臓に持病があるんですが、日常生活を営む上での支障はないと主治医に言われていたんです。ある日、寒い朝に散歩をして帰宅したら、玄関でですね、温度差によるものと思いますが、突然目眩《めまい》がして倒れました。既に脳梗塞《のうこうそく》も起こっていてね。それで手術をすることになったんです。カテーテルアブレーション（心筋焼灼《しょうしゃく》）手術といってね、太ももの静脈から心臓までカテーテルを通すんですよ。で、不整脈の原因箇所を焼く。八十六歳でしたからね、普通この歳になると全身麻酔は出来ないんだけど、ぼくの場合、ギリギリ出来る、と主治医は言う。薬で抑えて再発を恐れながら生きていくか、リスクはあるが最新の技術で処置するかという選択を迫られたんです。術中や術後に起こり得る危険が十項目くらいあるわけですが、説明を受けているうちにうんざりしてきて、もういいよ、最新の技術でやってください、と（笑）。

柳　痛みは？

山折　全身麻酔でしたからね。痛みは全く無いんです。わたしは子どもの頃からいろんな病気で入退院を繰り返して来ました。そのほとんどが胃腸系の病気で、十二指腸潰瘍《かいよう》、肝炎、手術も二回経験した。十二指腸と胃の三分の一を切除し、胆嚢《たんのう》を全摘し、服を脱げば腹の真ん中にメスの痕《あと》が二本入っています。鈍痛《どんつう》、激痛、疼痛《とうつう》――、痛みとの二人三脚の人生でしたよ。

柳　わたしも胃腸系の病気を何度も経験しました。二十代前半に喀血《かっけつ》して倒れ、十二指腸潰瘍と出血性胃炎を繰り返して、その二つを併発したこともあります。痛いんですよね。救急車を呼ぶのが嫌だから、血を吐きながら朝になるのを待っ

山折

てタクシーで病院に行って、外来の長椅子に座って名前を呼ばれるのを待つんですけど、あまりの痛みで床に蹲《うずくま》って血を吐いて意識を失う。

二十代でそれをやったんだから、やはり、あなたは凄い生き方をしている。わたしの場合、痛みとの共生が半世紀以上あった。ただし、今回の脳梗塞は循環器系の病気ですから、胃腸系の七転八倒《しちてんばっとう》するような痛みは全然ない。むしろ、ふうっと意識が薄れていくというか、呼吸が浅く、弱くなる。命自身が薄くなっていく……そんな感じだったんですよ。

で、病院で寝ている時に、はっと気付いた。あ、これは存在の軽さだな、と。今までのぼくの病気は、存在の重さだった。それに対して、このような存在の軽さの中で息を引き取れたら楽なのではないか、と。そういう瞬間が何度となく訪れた。蠟燭《ろうそく》の炎が風で揺らいで、スーッと細くなって吹き消され、そのままニルバーナ（涅槃《ねはん》）へというのも一つの往生の仕方なんじゃないかと病床で考えていました。存在の重さというのはあらゆる痛みの身体的な経験と重なるわけですが、もう一つ、知識の重さによってもたらされる存在の重さもある。ものごころついた頃からどれだけの知識を詰め込まされ、自分でも詰め込んできたか——。その知識の山は、いざ死んでいくという時に、大変重い荷物になっ

柳　ているのだなと、死に損なって、初めて気付いた。死に対する考え方が根本的に変わりましたよ、僅か二年の間にね。

山折　胃腸系の病に苦しまれていた時に感じた存在の重さについて、もう少し伺いたいです。

柳　七十代の時に急性膵炎《すいえん》をやったんですよ。

山折　若い頃だけじゃなくて、十年くらい前にもやったんですね。

柳　すみません、わたし熱燗のお代わりをお願いします。山折さんもお飲みになりますか？

山折　うん、じゃあ、もう一本。

柳　二合徳利《にごうとっくり》で二本、お願いします。少し酔って来ました。酔いながら、痛みについて語るというのも、なんかおかしいですね（笑）。

山折　そのね、急性膵炎で倒れた時は、最初、膵臓癌《すいぞうがん》の末期という診断が出たそうで、妻にだけその可能性が伝えられていました。だから、とりあえず痛み止めで落ち着かせましょうということで緊急注射を打ってもらい、一晩ベッドに横たわっていたんですが、翌日専門医がやって来てきちんと診《み》てもらったら急性膵炎だということが判った。癌ではなかった。それで助かったわけですが、生

柳　まれて初めて経験する激痛だった。
山折　どんな痛みだったんですか？
柳　痛みには「三大痛み」があるそうですね。膵臓癌、心筋梗塞、お産。
山折　あぁ……
柳　柳さんはご存じなわけですよね？　どうですか、お産の痛みというのは？
山折　忘れてしまいましたね。お産の痛みは忘れるように出来ているとも言われてますよね。だから生まれて来た赤ん坊を育てているうちに次の子を産もう、という気になる。
柳　そうか、病気じゃないんだよね、お産は。ところが、無痛分娩希望者が年々増加するようになっているそうだ。
山折　わたしが出産した時は、東由多加《ひがしゆたか》が付き添ってくれていました。息子を出産したのは一月十七日、東が亡くなったのは四月二十日です。東は食道から両腋《りょうわき》の下のリンパ節、肺、胃、肝臓と全身に癌が転移している状態で、わたしの出産に付き添ってくれたんです。わたしの陣痛なんかより、東の末期癌の痛みの方が何倍も激しかったはずです。
柳　凄い状況だった……

柳

週刊誌の連載原稿を徹夜で書いている最中に陣痛が起きました。でも、締切が切迫していたので、陣痛が五分間隔に狭まるまで書き続けていたんですよ。明け方、五分間隔になって、いよいよヤバいと思って、書きかけの原稿をプリントアウトして、一ヶ月前から用意していた入院に必要なものが入っているボストンバッグと、原稿に必要な資料が入っている紙袋を取り出して、一人で病院に行こうとしたんですよ。東は末期癌で国立がんセンター中央病院に長期入院していたんですけど、たまたま一時帰宅してたんです。腋の下に転移したリンパ節の痛みが酷《ひど》くて、モルヒネ水を飲んでもぜんぜん効《き》かなかった。おかゆやスープやすりりんごなんかを拵《こしら》えても、口に入れたそばから吐いてしまうので、これは明日にでも病院に戻って点滴で栄養補給してもらうしかないなと話していたんです。そんな容態の東に手伝ってもらうわけにはいかないから、一人で病院に行こうとしたんですけど、陣痛が激しくなって、靴を履くことも出来ずに玄関で倒れて呻《うめ》いていたら、東が起きて来て、「どうしたの?」って。しばらく、「いいよ、一人で行くから、寝てなよ」「その荷物どうやって一人で持つの?」と押し問答してたんですけど、東がボストンバッグを持って外に走り出たんです。

一月半ば、外は霙《みぞれ》混じりの雨――、わたしはエレベーターで九階から一階エントランスに下りたんですけど、そこでまた目が眩《くら》むような陣痛に襲《おそ》われて、紙袋を枕にして横になりました。なんとか這うようにして外に出て、雨の中、マンションの階段に座って、ここで生まれるかもしれないとパニックになりかけた時、一台のタクシーが停まり、東が飛び出て来たんです。山手通りにはタクシーが通ってなかったから、渋谷の方まで走ってタクシーをつかまえてくれたんです、傘もささずに――。

東が寝ていて、わたし一人で外に出ていたら、わたしも赤ん坊も死んでたかもしれません。携帯電話がない時代ですからね。病院に到着したら既に子宮口が開いていて、すぐにストレッチャーに乗せられて分娩予備室に運ばれました。しばらくすると、助産師さんが産前食を持って来て、長丁場になるかもしれないから食べて力を付けておいた方がいいと言うんです。「わたしは食べられないから、あんたが食べなよ」と言ったら、東が食パンを千切って少しずつ口に入れて、ストローで牛乳を飲んでいたのをおぼえています。助産師さんに、「この人、末期癌なんです。生まれるまでベッドかどこかに横にならせてもらえませんか?」と頼んだんですが、分娩室に付き添いの人用のベッドはない、と言われました。東を背凭《せもた》れのない丸椅子に何時間も座らせるわけにはいかないので、早く産んで家に帰してあげないと、とわたしは焦っていました。東の具合が気になって、自分の痛みに集中出来なかったんですよ。主治医から、いま危篤《きとく》に陥ってもおかしくない容態だと宣告されていましたから――。

わたしたちは西洋かぶれの重みをいつまで担い続けるのか

柳　先程山折さんは、「存在の重さというのはあらゆる痛みの身体的な経験と重なるわけだが、その彼方にあるのは知識の重さに他ならない」とおっしゃいました。知識の重さについて、お話ししたいです。

山折　知識の重みに耐えかねて、本の重みに耐えかねて、という問題をずっと抱えていました。

柳　テレビのドキュメンタリー番組で拝見したのですが、本をかなり処分されたそうですね。

山折　移動人間の宿命で、引越しの度に本を処分して来ました。それでも、本というものは、一所《ひとところ》に住み着いた途端にまた溜まり出すわけですよ（笑）。日本語科を作る外国の大学に寄付したこともあるんですが、本代よりも郵送費の方が高くついた（笑）。あらゆる手立てを尽くして本を減らしていって、最後に残ったのは「柳田國男全集」と「長谷川伸全集」と「親鸞全集」だった。

病気をしてから「長谷川伸全集」は若い知り合いに譲りました。「柳田國男全集」も売った。「親鸞全集」は去年（二〇一八年）の正月まで残していたんです。でも、手術からちょうど一年が経って、親鸞を研究している教え子に譲りました。真筆《しんぴつ》も含めて全部。さすがにその時は、身を切られるような辛さだった。いやぁ、辛かったねえ。

柳　真筆も、ですか！　それは、辛い！　想像するだけで、身《み》悶《もだ》えするほど辛いです。

山折　辛いんだけどね、それを手放した時、不思議なことに、何とも言えない全身的な解放感に浸ることが出来ました。親鸞を捨てたことに対する解放感じゃない。親鸞は、捨てようがないんだ、身に染み込んでいるから。でも、書物という荷物、知識という重荷からは解放された。じゃあ、柳美里の本はどうなったんだって、意地悪なことは訊かないでくださいね（笑）。

柳　そんなこと訊きませんよ（笑）。

山折　残していますよ、柳美里の本は。でも、読んでくれる人がいればすぐに譲ります。今はそういう心境です。

柳　身に染み込んだものは、言葉として浮かび上がってきますか？

山折　本を捨てた瞬間から言葉との格闘が始まるんだな。

柳　フルハウスで販売している本と、わたしの蔵書は二千冊でほぼ同数なんですが、実は十タイトルくらいしかダブっていません。自分が読んで手離せない本と、本屋で販売する本のラインナップは全く異なります。むしろ、自分の蔵書は本屋の棚には置きたくない。自分の好みの押し付けみたいで、嫌です。
　わたしは、いま考えていることを忘れないように書き込みながら読むので、後でスーパーに買い物に行くリストなんかも本のページの余白に書いてある。万が一、それがどこかの古書店で販売されたりしたら恥ずかしいので、わたしが死んだら、書き込みのある本は一冊残らず紙ゴミとして廃棄して欲しい、とフルハウスの副店長である夫に頼んであります。
　本屋をオープンする九ヶ月前に小高に引越したんですが、本屋の計画を地元紙のインタビューで語ってはいたんですね。オープン前なのに、インターフォンが鳴るんです。玄関を開けると、知らないおばあさんが立っていて、「本屋ってこごか?」と訊かれました。「開店は来年の四月なんです。すみませんが、原《はら》町《まち》の本屋（電車と徒歩で三十分。車でも二十分かかる）に行ってください」と伝えると、「いいどなぁ、本屋。原発事故でなぁんにも無ぐなっちまったんだもの。楽しみだごどぉ。早く出来っといいどなぁ。本屋出来たら、毎日来《く》っから。武者小路《むしやのこうじ》実篤《さねあつ》が大好きだがら、よく手紙さ引用してんだ」とおっしゃいました。それから、も、本を求めて訪ねてくる人は後を絶ちませんでした。みなさん、本の被災体験を語って帰られます。小高が「警戒区域」に指定され、自分の家から避難せざるを得なくなり、他地域での仮設住宅暮らしを余儀なくされた。その間に、自宅はネズミ、イタチ、ハクビシン、アライグマ、イノシシなどの動物に侵入された。地震で本棚が倒れ、床に散乱した本が動物の糞尿で汚され、自宅を解体する際に一冊残らず廃棄することになった。津波で家ごと本も流された方もいます。

二〇一八年四月九日にフルハウスがオープンすると、お客様は、福島、宮城を中心に東北各県や関東、関西、九州、北海道と日本全国からやって来てくださいました。木曜日に岩手県大船渡《おおふなと》市から車を片道四時間運転してやって来る常連客もいます。彼は開業医で、木曜日だけ午前中の診療で終わりなのだそうです。片道四時間車を運転して、いつも一時間ほど店内に滞在して一冊一冊ていねいに手に取り、津波が人の心にもたらした傷の深さを静かに語り、絵本を大事そうに抱えて、また四時間車を運転して大船渡に帰られます。

部活帰りにフルハウスに立ち寄り、レジ横の椅子に座って、副店長である夫とおしゃべりをして帰る男子高校生もいます。彼は、三千円のお小遣いの中から二千百円の本を買い、「今月ヤバいです」とはにかみ笑いで頬を赤らめました。当初、高校生はライトノベルやコミックしか読まないのではないかと日販の方々から（わたしの選書が売れ筋とは隔たっているため）危惧《きぐ》されましたが、蓋を開けてみると、『魔法の夜』ミルハウザー、『イエス伝』若松英輔、『R帝国』中村文則、『エドワード・ゴーリーが愛する12の怪談』などが高校生たちに次々と売れていきました。

地元の女子中学生は、アウシュビッツやユダヤ哲学の棚から本を引き抜いてはページを開いて読み、一緒に来た父親に、「この本欲しい」と言ったのが、ハンス・ファラダの『ベルリンに一人死す』でした。「今月は別の本を買ってまだ読んでないでしょ。その本を読み終わったら、お父さんが半分出してあげるから、来月のお小遣いで買いなさい」と父親に言われ、彼女はそうっと本を棚に戻しました。四千八百六十円の本です。ゴールデンウイークに再び二人は来店し、『ベルリンに一人死す』を買って帰ったんです。日販の担当者も売上スリップのタイトルを見て、「日本橋の丸善さんみたいな本が出ていますね」と驚愕していました。

フルハウスの二〇一八年のベストセラーランキングをメモしてきたので、読みますね。

1 井上ひさし『井上ひさしの子どもに伝える日本国憲法』（二〇〇六年／講談社）
2 小松理虔『新復興論』（二〇一八年／ゲンロン）
3 鷲田清一『「待つ」ということ』（二〇〇六年／角川学芸出版）
4 つげ義春『新版　貧困旅行記』（一九九五年／新潮文庫）
5 今泉忠明『ざんねんないきもの事典』（二〇一六年／高橋書店）
6 若松英輔『悲しみの秘義』（二〇一五年／ナナロク社）
7 赤坂憲雄『東北学　忘れられた東北』（二〇〇九年／講談社学術文庫）
8 エラ・フランシス・サンダース『翻訳できない世界のことば』（二〇一六年

／創元社）

9　茨木のり子『詩のこころを読む』（一九七九年／岩波ジュニア新書）

10　倉本美津留『倉本美津留の超国語辞典』（二〇一五年／朝日出版社）

山折　他店の年間ベストセラーリストとは大きく異なっています。それは、フルハウスが、地震、津波、原発事故によって大きく傷付いた地域にある本屋だからです。フルハウスを訪れる人の本を求める切実さは、本への眼差しから伝わって来ます。現実の中に身の置き場がなく、悲しみや苦しみで窒息しそうな人にとって、本はこの世に残された最後の避難所だと、わたしは思います。

すみません、話が長くなりました。本屋の店主として、本についての話をすると、ついつい熱が入ってしまうんです。

柳　いや、いい話ですよ、とても。フルハウスで築かれているのは、本と人との理想的な関係かもしれないと思いました。でも、ぼくら物書きの本の買い方、読み方はそうではない。功利主義的だと感じませんか？

山折　功利主義的……

本は知の集積である。これは確かだ。ただ一方で、わたしは、明治維新以降百五十年の近代化の中で積み重ねた日本人の知識は、そのほとんどが西洋かぶれだと思っています。人文学、社会学、ぜんぶ西洋かぶれですよ。しかし、我々は、その知識のほとんどが西洋かぶれから成り立っていることを認めないんだな、頭のてっぺんから爪先までかぶれているのに。だって、戦前流行したマルクス主義から、一九七〇年代、八〇年代に大流行したポスト・モダンまで、全て西洋の流行《はやり》の模倣、二番煎じじゃないですか。これは日本の学問の腐敗にそのまま繋《つな》がっていきました。いったい、それで何が残るというのか？　もちろん、西洋から流入するもの全てが無意味だったと言っているわけじゃない。カントを読む、ゲーテを読む、それはそれでいいんですよ。それが、何年経っても、何十年経っても、かぶれであること、かぶれであったことが問題なわけです。

沈黙の先に感じる
魂の動き、命の動き

柳　四年前の対談の最後に、山折さんは「日本人は沈黙の大切さを忘れた」とおっしゃり、わたしは「言葉ではなく、人は沈黙によって結ばれる」と言いました。言葉では、どうしても触れられないものがある……

これまでも何度かお話をしていますが、福島県沿岸部で暮らしていた兄夫妻を津波で亡くしてしまった弟夫妻が、兄夫妻の遺児三人を引き取って育てています。彼らは福島県の中通りで暮らしているんですが、弟のTさんはフルハウスで小説家による自作朗読などのイベントがある時は、頻繁に手伝いに来てくれていたんです。それが、昨年の夏休みの途中からパタッと来なくなってしまった。どうしているのか気になりながらも、わたしは夏休みに入ると同時に、四半世紀ぶりに復活した青春五月党の「静物画」の稽古に入っていたし、九月半ばに「静物画」の千秋楽《せんしゅうらく》を迎えると同時に、今度は「町の形見」の戯曲を書いて、稽古、稽古、稽古の日々です。「町の形見」の本番は十月半ばでした。そして、千秋楽の翌々日にはシカゴに講演の仕事に行かなければならなかった。「静物画」も「町の形見」も息子が音響のオペレーターをやっていたんですが、ゲネプロの合間に息子に言ったんです。TさんにLINEで芝居を観に来てって誘ってって。そしたらTさんから返事があったんです。七月末に十歳のKくんが心臓病で亡くなってしまった、と。わたしは息子に見せてもらったLINEの文字を何度か読みましたが、Ｔさんに返事を送ることが出来なかった。津波で亡くなったＴさんのお兄さんとお義姉さんが命がけで助けたＫくんが、子どもを育てたことのないＴさん夫妻が必死で育てたＫくんが、僅か十歳で亡くなってしまうなんて――。お悔やみの言葉も弔電も弔花もお香典も送れなかった。そういう慣例の全てが、Ｔさん家族の悲しみにはそぐわない気がしたんです。

それで、その二ヶ月後にクリスマスプレゼントを贈ったんです。すごく悩んで、二人の女の子には、それぞれ二〇一九年の日記帳と日本の伝統色の色鉛筆、Ｔさんにはちょっと高級な紅茶、Ｔさんの奥さんにはアロマ効果のあるハンドクリームなどを選びました。Ｔさんから「柳さんの想いを受け取り、ずっと出なかった涙が初めて出ました」と返事が届きました。わたしは「春、小高川沿いの桜並木を歩きませんか？」とLINEで誘いました。「春に、一緒に小高川沿いの桜並木を歩きたいです」とリフレインのような返事を目にした時、わたしもＫくんの訃報に接して初めて涙が流れました。

最近こそ歳を取り過ぎたせいか少なくなりましたが、以前は電話や手紙で相談事を持ち掛けられることがありました。その内容が切実な場合、稀《まれ》に直接お目に掛かることもありました。

山折

わたしの家の近くのホテルの喫茶室で待ち合わせをする。挨拶を交わして対面で座る。わたしは相手の話を聴く体勢になります。怨《うら》みの声が漏れ、口説きの言葉が延々と続く。わたしはじっと耳を傾けているだけです。台風が近付いている時だったと思いますが、いつ果てるともなく身悶えする体から吐き出される呪いのような言葉を聴き続ける。窓の外では、樹々が風に大きく揺さぶられ、大粒の雨がバラバラと窓ガラスを叩き、騒然として来ました。そこで、わたしはこう言いました。「ちょっとこっちへおいでなさい、二人でこの嵐を眺めてみましょう」と。対面をやめて肩を並べて嵐を眺めているうちに、荒《あら》ぶっていたその人の気持ちが次第に収まっていった。共に自然を眺める時に訪れる、沈黙の中の静けさを感じることが重要だったんだなと気が付いた。

　四月にあなたがTさんと桜並木の川沿いの道を歩くということは、対面ではなくて肩を並べて、川や桜や空や雲を眺めるわけですね。そこに訪れる沈黙が、二人の間に何をもたらすのか……

柳　対面というのは、お互いの内に在る沈黙を突き付け合うようで緊張しますよね。両者それぞれに孤立している硬い沈黙です。

山折　やはり自然が契機となるのではないかな、そう実感しましたね、あの嵐の日に。

柳　嵐を眺めた沈黙の後、何か言葉は交わされたんでしょうか？

山折　ううん……記憶に残ってないな……もう一つの沈黙に辿り着いたのではないかな……

悩みを抱えて来訪した相手の話を聴く。聴いて聴いて聴く。一方的に聴いた後になんらかの方向性を示すか示さないのかというのが、宗教者と心理療法士の差なのではないかというのが、河合隼雄さんとの懸案《けんあん》の課題でしたね。でも、河合さんはその時おっしゃったんだ。心理療法士だって聴いている最中あるいは聴き終えた後に方向性は考える、なんらかの方向性を示す言葉を伝えるよ、と。では、両者の聴き方は同じなのか？　両者が示す方向性は同じなのか？　いま、わたしが思ったのはですね、宗教者が示すのは沈黙なのではないかということなんです。沈黙に至る道筋に法則は無いんだよね。でも、作法は在る。沈黙の作法です。

柳　沈黙の作法、いい言葉ですね。法則は無いけど作法は在る。法則は守らなければならない決まりで、いわばマニュアルですものね。作法は、物事を行う仕方、やりかたです。作法に在って、法則に無いものは、美です。逆に法則に在って、作法に無いものは、実利です。

南相馬の桜は、四月の第二週頃に満開を迎えます。満開の桜並木の下、Tさんと二人で小高川沿いの道を歩く。会わない間に起きた悲しいこと、辛いことについては何も話さないで、ただ桜や川や空を見て、時折、きれい、きれいだ、と言い合って黙って歩くような気がします。それは、自然と人、命に対する沈黙の祈りなのかもしれませんね。

山折　桜の花や梢《こずえ》を見て、魂を感じ、魂を見ることが出来るかどうか。魂の動き、命の動きと言った方がいいかもしれない。

柳　山折さんは、脳梗塞で全身麻酔の手術をされた時、ご自分の魂の動き、命の動きを感じられましたか？

山折　それが感じなかったんですよ。

柳　感じなかったんですか。

山折　これは現代医学の技術の恐ろしさで、完全に眠らされてしまう。眠らされているな、という意識は微《かす》かにあったような気がします。激しい痛みに間断《かんだん》なく襲われる状況だったら、命や魂の動きを感じられたかもしれませんけどね。麻酔から目覚めた後も、非常に無機的な感じだったんです。

若い時分に十二指腸潰瘍の手術をしました。その時は、手術中、メスの音が

柳　聞こえて来るという経験をしたんですよ。動物のような素裸で直《じか》に命を感じるような生々しさがありましたね。術後の痛みも、さまざまな生物的な感覚をわたしにもたらしました。でも今回の脳梗塞によるカテーテルアブレーション手術は、術中も術後も完全な無風無音のような状態でした。逆に、それが不思議だった。命を失う寸前まで行ったのに――。
　手術の成功を告げられた時は、また寿命が延びたなという安心、安堵《あんど》、喜びを感じられましたか？

山折　そうですね、存在の重さから存在の軽さへと導いてくれた契機ではあったね。

柳　存在の軽さの次なる世界は？

山折　人並みの欲望を人並みに持つ、つまらない人間になっているのかもしれないな（笑）。

柳　それはそれで面白いじゃないですか、八十七歳にして山折さんが人並みの欲望を持って生きられる。むしろ、素敵ですよ（笑）。

山折　東京地検特捜部検事としてロッキード事件を担当した堀田力《ほったつとむ》さんから直接聞いた話なんですけどね。

柳　堀田さんは法務大臣官房長を最後に退官し、弁護士を経て、介護福祉の分野

山折　で活躍され、「介護の社会化」を提唱し、介護保険制度の成立を促《うなが》した方ですね。

そう、ある時その堀田さんと、やはり死についての話になったんです。堀田さんが知る死刑囚は、刑が確定してから三年目くらいになると、受刑後の辛酸《しんさん》の苦しみの中でその表情が消えていって、最後は仏《ほとけ》のような面持《おもも》ちになっていくそうです。罪を負う、引き受けるというよりかは、罪の意識が魂の奥底から泉のように生じる感じだと。死刑になるのもやむを得ないことだという心境になって来る。ところがね、四年目、五年目と執行が遅れて命が延びていくと、断ち切ったはずの、生きたい、という根源的な欲望を持った人間に再び戻っていくようだと言っておられた。生きたい、生きたい、何とかして生きたい、生きられる道筋はないのか、と——。

ここからはわたし自身の問題になって来るんだけれども、もうそろそろ九十歳になるし、出来れば静かに死んでいきたいと密かに思っているわけです。でも、実際には、九十を過ぎても、いつまた生への欲望が芽生えるかはわからない(笑)。

柳　九十歳になったら百歳までは生きたい、百歳になったら、こうなったら百二十歳まで生きて男性のギネスの長寿記録を更新したい、という欲望が生まれるかもしれませんね。その時になってみないと、どうなるかはわからない。計画通り、目標通りには行かない。今の自分がかつての自分を裏切るようなことを考える、というのが人間の面白いところだと、わたしは思います。

生命欲という人間の根源的な欲望

山折　さぁ、そこでおめおめと生き恥を晒《さら》すのか、という問題に直面するわけです。柳さんはどう思われますか？

柳　東は、末期癌を宣告されるまでは、いつ死んでもいい、二十歳くらいから好きなことを好きなようにやって来た、この人生にもう思い残すことはない、と常々言っていました。だから、大きな苦痛を受ける不治の病《やまい》にかかったら、すぐ自殺する、自分は痛みには弱いから、とも言っていたんです。

でも、主治医から、放射線と抗癌剤治療を受けなかったら一ヶ月で癌で食道が塞《ふさ》がり飲み食いが出来なくなり二ヶ月の延命は難しい、治療を受けても余命は八ヶ月程度だと宣告された時に、治療を受けるという選択をしたんです。東が八ヶ月の余命宣告を受けた時、わたしは妊娠三ヶ月です。子どもの誕生の前に絶命する可能性もあった。でも、間に合った。息子が生まれたのが二〇〇〇年一月十七日で、東が死んだのが四月二十日――、赤ん坊の顔を見た東は、「この子にはいろいろ教えてやらないといけないし、なんとかがんばってみるよ。この子がおれをはっきりと認識するまで、なんとしても二年は生き延びるよ」と言っていました。生きるという意志は死の直前まで揺らがなかった。

山折　柳さんの魂が東さんに取《と》り憑《つ》いて、生きろと迫り、東さんに、生きる、生きたい、と言わせていたと感じたことはありませんでしたか？

柳　実は亡くなる前日に、東が夜中に起きて、それが白目《しろめ》だったんですよ。白目のまま、こう言われたんです。「赤ん坊の養子縁組の手続きを今のうちにしておいた方がいい。あなたはおれが死んだら後追い自殺をするから。あなたはおれがいないと生きていけないんだよね？」と。わたしは怖くなって、指で東の瞼《まぶた》を閉じようとしましたが、瞼はすぐに開いてしまい、わたしを白目で見るんです。どうしようもなくなって、爪切りを取り出して、東の爪を切ったことをおぼえています。何故、爪を切ったのかは説明がつかないんですが――。

山折　やっぱり、そう言うよね。自分が心底惚れ抜いた女にならね。一緒に死んで

柳　くれってなるよな……

　その半年くらい前、まだ抗癌剤が効いていた時のことです。わたしが居ない時に、妹が一人で東の病室にお見舞いに行ったら、東が妹に「おれが死んだら、彼女は後追い自殺をするかもしれないから、おれは治療をして一日でも長く生きなきゃならないんだ」と言ったそうなんです。妹が「お姉ちゃんは東さんが死んでも生きますよ。生まれてくる子どもと二人で」って言ったら東はウワーッと小さな子どもみたいに泣き出したそうです。わたし自身はそんな東を見たことがなかったので、妹から聞いてショックを受けました。

山折　山折さんは奥さんに、自分と一緒に死んで欲しいと言ったり、そう思ったりしたことはありますか？

山折　妻とは愛もあり憎しみもありという平凡な関係です。そういう局面になってみないとわかりませんが、ぼくは独りで逝《い》くつもりですよ。

柳　亡くなった人が夢に出て来ることはありますか？

山折　母親、父親が出て来ますね。死ぬ前の老いた両親ではなくて、岩手県の花巻で暮らしていた頃の若い姿なんです。そう言えば、最近は出て来ない。生きたいという欲望が強くなって来たからなのかもしれない。

柳　術後、弱っている時は出て来たんですか？

山折　出ました。

柳　夢の中で何か言葉を交わしましたか？

山折　故郷《ふるさと》が目の前に現れるようなものでね、故郷の情景の一場面なわけだ。言葉はほとんど交わしません。亡くなった父母と生き残った自分の間が沈黙で繫がるような感じだった。柳さんはどうですか？

柳　つい先日、夢の中で、「亡き人に十秒間だけ会わせてあげます。ただし、顔を合わせてはいけない。言葉を交わしてもいけない。それでもいいですか？」と神様のような声に問われたんです。白線があって、その上を十秒間だけ亡き人と手を繫いで歩く。立ち止まってはいけない。十秒間が過ぎたら、白線も、亡き人も消えてしまう。わたしが一番会いたい亡き人というのは、東由多加です。でも、一瞬迷ったんです。たった十秒間、黙って手を繫いで歩くだけで消えてしまうなんて残酷だ、会わない方がいいんじゃないか、かえって悲しくなるだけじゃないか、と。でも、やっぱり会いたい、手を繫いで歩きたい、会わせてください、と答えようとしたら、目が覚めてしまったんです。なんで早く答えなかったんだろう？　素早く答えていれば、東が夢に現れたかもしれないのに、と一日中後悔していました。

山折　わたしは大病をして、存在の軽さの中で静かにこの世を去ることを自分に納得させたわけです。でも、健康になったせいか、体の芯に欲望が蘇っているのを感じるんですよ。

柳　それは、どんな欲望ですか？

山折　生きたいという欲望です。生命欲みたいなものが出て来ている。平穏な死を望み、実際その死に近付き、出来れば親鸞の自然法爾《じねんほうに》の片隅《かたすみ》に入れてもらえるかなと思い始めていた時に、これでしょ。今のわたしにとっての問題は、そんな生命欲ですね。

柳　生命欲、新しい言葉ですね。生命力ではなくて、生命欲。生きることそのものに対する欲望。

山折　生命欲は、人を安定させるのではなく、不安定にさせるようです。九十近くなって、そういう不安定さの中で生きるなんて——。でも、絶望しているわけじゃないですよ。九十歳で入滅した親鸞にも生命欲は在ったのかもしれない、と思ったりもします。

生命欲の根源は食欲にある

柳　つい先日、不治かつ末期の病を抱えた人が、延命措置を拒否出来るようになるための法律と医療現場の整備を進めるというニュースが報じられました。尊《そん》厳死《げんし》の問題ですね。

山折　高齢で病に倒れると、死が目前に迫っているのか、生の一時的な頓挫《とんざ》なのか、自分では判断がつかなくなってくる。

柳　グレーゾーンの幅が広がると、誰が、いつ、どのような判断を下すのか、責任の所在も含めて難しくなりますね。

山折　個人的にはね、九十歳を過ぎたら、死の再定義をして死の規制緩和をし、安楽死を解禁すべきだと思い、あちこちで発言しているんですよ。

柳　条件付きで安楽死を認めている国もありますよね。スイスの自殺幇助《ほうじょ》機関「エグジット（Exit）」には十万人以上の登録者がいて、毎年千人前後の人が自殺幇助のサービスを利用しています。平均年齢は、七十代後半だそうです。YouTube

ではエグジットで死を選択した人の様子を観ることが出来ます。わたしが観たのは、不治の病で痛みに苦しんでいる高齢の女性が薬物で亡くなるまでの様子でした。

普通の一軒家に部屋が用意されていて、女性が車から降りてきます。部屋には彼女が好きなクラシック音楽が流れている。やがて、彼女はスタッフから、自死は今からでも中止に出来ますが、どうしますか?と質問され、いいえ、わたしは今日これから死にます、とはっきり返事をします。そして、彼女がベッドに横たわると、点滴に繋がれて致死量の薬が注入される。その薬は口が苦くなるらしく、彼女はチョコレートを勧められるんですね。一つ口に入れる。もう一つ口に入れ、焦って食べる。もう一つ食べたい、と言ったところで、意識が途切れ、映像も途切れます。次は、ベッドの上で死んでいる彼女の引きの映像です。映像は、法律に則って自殺幇助が行われたことの証拠になるそうです。つまり、自死の選択は今からでも覆すことが出来ます、どうしますか?と質問をして、クライアントがYESとはっきりと答えるところを撮影する必要がある。その決断が死の瞬間まで揺るがないかを――。

わたしには、その家に入ってから死ぬまでの時間感覚が気になりました。時に急《せ》かされているように感じました。砂時計の砂が少なくなった時、穴に吸い込まれて落ちるじゃないですか。もっと言うと、目覚まし時計のアラーム、あるいは茹《ゆ》で卵のキッチンタイマーが鳴り続けているような――。とても人生の最期の時間をゆったり過ごしているようには見えなかった。安楽な死には見えなかったんです。絶命の瞬間に、苦痛が無い、苦痛が少ないというのが、安楽死なのでしょうか？　息を引き取る瞬間の映像が途切れたのは、倫理的な問題からでしょうが、編集によってカットされた映像の中には、食べ切れず口の中いっぱいに詰まったチョコレートや、口の筋肉が緩んで唾液混じりの茶色い液体がドロドロと吐き出される様子が含まれているはずです。YouTubeの映像を見て、エグジットで安楽死をしよう、と思う人が少なからずいるわけですから、絶命の瞬間も含めるべきだと思いました。全てを見てもらった上で、本当に自殺幇助による死を選択するのかどうか判断してもらうべきです。

わたしは、何かに押されて自死に進んでいるような印象を持ちました。もちろん、崖の上からドンと背中を突くような押し方ではありませんが、足腰が弱い人の杖を取り上げて背中に両手を当てて、ぐうっと押す感じです。

彼女はきっと、ホスピスなどが提供している緩和ケアも検討したんでしょう。

山折

いくつかの選択肢をシビアに比較した上で自殺幇助による死を選択したはずです。けれど、わたしは、彼女のチョコレートの食べ方から、死へ向かう逡巡《しゅんじゅん》を読み取ってしまいました。先程の山折さんの言葉を借りれば、生命欲を感じたんです。生命欲というのは、今際《いまわ》の際《きわ》においても消すことは出来ないのではないでしょうか。

なるほどね……デレック・ハンフリイというジャーナリストによる安楽死の詳細な記録『ジーンの選んだ死』という本があります。その本をね、だいぶ前に翻訳したんですよ。末期癌の女性が入院していた病院を後にして、ひさしぶりに自宅に帰る。何日か生活をして、ある日の午後、夫と二人で死を迎えるための会話をするんですよ。その会話を訳していて、ぼくならばとても耐えられないなと思った。

「ジーン、そろそろだね」と夫が言う。妻は「そうね、いつにする?」と訊ねる。「明日にしようか」「そうしましょう」こういう会話です。そして一晩明けて、その日になる。で、朝から日常生活が続く。「そろそろだね」と夫が言い、「そうね」と妻が言う。昼食の後、夫が紅茶に薬を入れて、妻の目の前にそのティーカップを置くわけですよ。妻が「じゃあ、さよなら」と言い、夫が「さよなら」と言い、妻はカップを口につけて紅茶を飲む。これは、翻訳していて辛かった。

柳　「そろそろだね」という言葉が死へと急かすわけですね。「安楽死」間際の時間は、人生の時間からは切り離されています。人生の実態は、履歴として箇条書きにされるようなものではなく、日々の暮らしの繰り返しです。その暮らしの先に、暮らしの中に死がある。日常は死を帯電しているからこそ、掛け替えがない。死もまた日常だとしたら、「安楽死」は日常の時間に割り込み、日常と死を切り離すものなのではないかというのが、わたしの疑念です。

生きたままで仏になることを志し、食を絶ってミイラに成った即身成仏《そくしんじょうぶつ》の人の生命欲というのは、どうだったんでしょうか？

山折　中世の源平合戦期、つまり十二世紀の頃ですから、日常の中に過剰《かじょう》な死があったんですね。仏教の修行者の中では、焚《た》き木《ぎ》の上で座を組んで自分の身体に火をつけたり、燃え盛る火の中に飛び込むこともありました。即身成仏はそういう時代のものですからね。むしろ人一倍生命欲がある人たちが、激烈な死を選んだんじゃないですかね。生命欲の少ない人は、無理な死に方はしませんよ。

わたしは今のところ、生命欲の根源は食欲だと思っています。食べ物を自分

柳　の口から食べることが出来なくなったら、死との関係を融和《ゆうわ》出来るような気がする。

東は食道癌でした。癌が見つかった時は既に内視鏡も食道に通らないほど癌が大きくなっていました。だから、ほとんど口から食べ物を摂取出来なくなっていた。でも、死の一ヶ月ほど前になって、食に対する欲求が出て来ました。特に、故郷である長崎の食べ物ですね。カステラ、ビワゼリー。福砂屋《ふくさや》のカステラを取り寄せて病室に置いておいたんですよ。深夜、消灯した後のことです。わたしは簡易ベッドで寝ていたんです。ふと、気配を感じて目を開けると、暗闇の中、東が手づかみで大きなカステラをつかんで食べてたんですよ。

山折　そんな状態でも、食べられるんだ……

柳　五感の中でも、実体のあるものを体に取り込む味覚は、強いです。それに、食べ物は記憶と密接に結びついている。食べ物の味が、故郷の風景や幼少期の記憶を連れて来てくれます。食べ物はたくさんの人の手を経由して食卓に届けられる。料理を作ってくれた家族の手、行きつけのお店の料理人の手、食材となる野菜や果物や動物や魚などを育てたり獲《と》ったりした人の手――。

赤ん坊は、母親に離乳食をひと匙《さじ》ひと匙口に入れてもらいますよね。子どもの頃に好きだった食べ物を味わうと、おいしいと感じたりお腹が満たされたりするだけではなく、手を掛けられているという愛情や、保護されているという安心感も得られます。

山折　胃が求める食欲と心が求める食欲とは違うんだよね、大きな落差がある。

絶望の中の寂寥を経験しない人間の歌に何の意味があるのか

柳　死について、奥様とはどのようなお話をされていますか？

山折　必ずわたしが先に逝《い》くという前提で話をしています（笑）。逆の場合もあるのにな、と思うんだけど、なかなかわたしからは言えない。うちなりのエンディングノートもあってね。葬式はしない、墓は作らない、散骨する。あとは、亡くなった時に知らせる人の名前などを書いてあるだけです。

柳　どこに散骨されたいというご希望はありますか？

山折　どこでもいいですよ。銀座四丁目の交差点でもいいし、浅草の仲見世《なかみせ》通りでもいいし、花巻の北上川でもいいし、インドのガンジス川でもいい。ガンジス川で知人の散骨をしたことがありますが、結構良かったですよ。別に、どこでもいいんです。

故人が散骨を希望していたのに、ご遺族がなかなか思い切れずに何年も遺骨を家に置いているケースが結構あるんです、そういう話をよく聞きます。その歳月は遺骨との沈黙の対話をしているわけですから、それはそれで近親者の死による大きな喪失を埋める一つの道筋だと思います。

では、遺体が見つからない場合は、どのように喪の時間を過ごせばいいのか？心に大きな穴が空いたような喪失感を抱えて、どのように生きていけばいいのか？悲しみに打ちのめされたまま生きていくことが出来るのか？その問いは、千二百年前の万葉集の時代から全く変わらない。

斎藤茂吉《さいとうもきち》と折口信夫《おりくちしのぶ》が大正から昭和にかけて論争しているんです。折口は、和歌の言葉というものは、呪うべき絶望的な寂寥《せきりよう》の中で初めて発するものだ、絶望的な寂寥を経験しない人間の歌に何の意味があるのか、と斎藤茂吉に詰め寄っています。そして、アララギを去るわけです。これは厳しい問い掛けですよね。言葉が失われる、救いの無い、絶望的な寂寥——、この寂寥を沈黙と言い換えてもいいかもしれない。その沈黙の中心に届く鎮魂の言葉が、自分の中から出て来るのかどうか。
柳さんは、その厳しい問いを自分自身に突き付けながら、福島の沿岸部で生活しながら書いている。

柳　その問いと縁が繋がってしまったんです。

山折　縁に縋《すが》ればいいわけです。

柳　その問いと縁が繋がったのは、自分がほつれていたからではないかと思っています。ほつれ目からたくさんの糸が出ていたから、その問いに絡んだのだと思います。いつかほどけるのか、それともさらにきつく絡み合わさるのかは、わかりませんが……

「かぶれ」の時代から「パクリ」の時代へ

柳　昨年、西部邁《にしべすすむ》さんがお亡くなりになりました。山折さんは西部さんとご面識はありましたか？

山折　三度ばかりお目に掛かっています。一度は国会議事堂の近くのレストランで食事をしました。闊達《かったつ》でざっくばらんな人でした。

山折　西部さんの死については、どうお考えでしょうか？

柳　彼の死に方には共感しています。ただ、幇助の仕方が計算違いだった。柳さんは西部さんとは？

柳　西部さんと初めてお会いしたのは、二十歳の時です。少し長くなりますが、当時のわたしの状況と、西部邁さんとの出会いを説明します。

わたしは十六歳の時に高校を退学処分になり、俳優を目指してミュージカル劇団「東京キッドブラザース」に入団しました。入団してすぐに当時三十九歳でキッドの主宰者（劇作家・演出家）である東由多加と付き合い始め、一緒に暮らすようになりました。初舞台を踏んでみて俳優には向いていないと気付いたのと、劇団内での込み入った男女関係に嫌気がさしたのとで、僅か二年でキッドを退団しました。十八歳で演劇ユニット「青春五月党」を旗揚げして、四本の芝居を上演しました。スタッフ、キャスト全ての人間が自分よりも歳上で、駄目出しなどの指示をするのに、かなり無理をしていました。青春五月党を主宰していたのはわたしなので、赤字が出たらわたしが借金を負うことになるし、次の公演が打てなくなる。なんとか赤字を出さないように劇場や大道具会社や照明・音響など各方面と常にお金の交渉をしなければなりませんでした。それが辛くて、夜中に何度も過呼吸の発作に襲われ、救急搬送されました。稽古中は稽古中で、そのシーンがどうしてもうまくいかない時は、「じゃあ、十五分休憩にします」とひと息入れるんですが、演出家は休憩中に制作や舞台監督と打ち合わせをするので、席を立つことが出来ないんです。おしっこを我慢し過ぎて膀胱炎《ぼうこうえん》が慢性化し、二十歳にして寝返りも打てないほどのギックリ腰も何度かやっていました。で、当時は超ヘビースモーカーだったんですよ。起きている間はずっとタバコを吸っていたから、一日だいたい六、七箱は空にしていましたね。二十代のわたしは、年がら年中四六時中、神経という神経をヤマアラシのように逆立《さかだ》てていました。喧嘩を売られるような局面に遭遇《そうぐう》すると、口より先に手が出てしまうこともありました。

西部さんとばったりお会いしたのは、そんな頃だったんです。

その前日に、新宿三丁目にある文壇BAR「風花《かざはな》」で飲んだんです。芝居関係者数人と、光文社の神戸明《かんべあきら》さんという編集者と一緒でした。神戸さんは、一九七〇年から七年にも及んだ伝説の労働争議「光文社闘争」の中心メンバーで、闘争新聞の初代編集長だったという過去を持つ方です。何時間か飲んでそろそろ帰りましょうという段になって、「明日、同じ時間に、同じメンバーで飲もう！」と誰かが言い出しました。わたしは、夜の九時、と頭の中にメモしてタクシーに乗り、当時東と暮らしていた世田谷区の奥沢に帰りました。

翌日、芝居の稽古を終えると、九時を回っていました。わたしは新宿駅から風花へと走りました。到着したのは、九時四十五分くらいだったと思います。風花の分厚い木の扉を開けると、カウンターの一番奥の席に男性が一人座っているだけで、店はガランとしていました。「神戸さんはいらっしゃいました？」と店主であるきっこさんに訊ねると、「神戸さんは、今日はまだいらっしゃってません。お待ち合わせ？」と逆に訊ねられました。酔った勢いでの冗談だったのかもしれないと思って、「また来ます」と芝居の台本や演出ノートなどが入ったボストンバッグを右肩に掛け直した時のことです。

「神戸さんっていうのは、光文社の神戸明さん？」と声を掛けてくださったのが、カウンターの奥で一人で飲んでいた西部邁さんだったんです。「神戸さんとは、長い付き合いでね」と語り出した西部さんの隣に座って、わたしはいつものフォアローゼズのソーダ割りを頼みました。西部さんに名前を訊かれて、「ゆうみりです」と言うと、「どんな字？」と訊かれました。「柳の木の柳に、美しい里です」「りゅう?」「いえ、韓国籍なので、ゆう……」というやりとりがあって、西部さんはしばらくわたしに沈黙を伝えるように黙って、高校時代の親友が在日韓国人(父親が韓国人で、母親が日本人)だったと、彼との思い出を話してくださいました。そして、わたしが話している間は相槌を打たず、じっと聴いていました。西部さんは、「朝まで生テレビ!」のパネラーとしてのイメージが強いし、紛れもなく日本論壇を代表する論客でしたが、何よりも「沈黙の作法」を大切にされる方でした。

会話が途切れると、その沈黙を気まずいものとして感じる人が多いですよね。なんとか話が途切れないように、どうでもいい話を次から次へと続けて間を持たせる。話の合間に訪れる沈黙の中にこそ思考の契機が在る。話し合うよりも、黙り合う時間を共有することが大切なんです。

西部さんとわたしは、沈黙が訪れると二人でグラスを傾けました。その沈黙の中から、西部さんは北海道の過酷な冬、困窮を極めた子ども時代のこと、日本と朝鮮半島の関係などをお話しになりました。気が付くと、午前二時を過ぎていました。そろそろ閉店時間で、カウンターの中のきっこさんの顔も眠そうに見えたので、「わたしは、帰ります」と言うと、西部さんはグラスを干して、

「きっこさん、もう一杯だけ」と言いました。いま思うと、ちょうど教員人事の進め方に抗議して東大教授を辞職された頃のことでした。わたしたちが話している四時間のあいだ、ただの一人も客が訪れなかったことも含めて、不思議な一夜でした。

その後も西部さんとの付き合いは続きました。神戸明さんを含めてカラオケに行ったり、風花で、とある文芸評論家にしつこく絡《から》まれて、彼の顔を平手打ちにした時に仲裁《ちゅうさい》に入っていただいたり、芝居を観に来てくださったり――。

一九九七年六月一日に神戸さんがお亡くなりになった夜、風花に行ってみると、やはり西部さんはいつもの席で一人静かにウイスキーのグラスを傾けておられた。

何年かが過ぎました。二〇一一年三月十一日以降、わたしは福島に自分の全てを傾けているので、東京で飲み歩いたりすることはしなくなったし、西部さんにお目に掛かる機会もなかなか訪れなかったんです。

二〇一六年の暮れのことです。西部さんご自身から、KKベストセラーズの担当編集者に電話が入ったんです。『人生にはやらなくていいことがある』(二〇一六年)を読んで、柳さんと話したいと思った。自分の番組に出演して欲しい、と。西部さんが主幹を務める月刊オピニオン誌『発言者』の編集長である文芸評論家の富岡幸一郎《とみおかこういちろう》さんからも電話がありました。

西部さんの番組というのは、TOKYO MXの「西部邁ゼミナール」です。当時、「ニュース女子」の沖縄リポート放送が「事実関係が間違っている」「沖縄に対する誤解や偏見や差別を煽るヘイトスピーチそのものである」と大問題になり、Twitterなどのを中心にTOKYO MXに対する激しい非難が巻き起こっている最中でした。でも、西部さんが、わたしの本を読んで、なんの繋がりもない編集部に直接電話を掛けてくださったのだから、よほどのことなんだろうと思って、西部さんに会うためにテレビ出演を了承したんです。

二〇一七年一月十九日。楽屋で再会した西部さんは両手に白い木綿《もめん》の手袋をされていました。「手が悪くて、ページすらめくれないから、ほとんど本を読んでいないんですよ。でも、勘が働いて、これは読んだ方がいいんじゃないかと思って読んだら、こういう本があるべきなんだ、これはエッセイの傑作だと思って、すぐに連絡をしました。原発のことは、あなたとは意見が違うけれど、今日はそれを話すのはやめましょう。ひさしぶりに会ったんだし、話したいことがたくさんあるから」と西部さんはおっしゃいました。番組収録が始まると、こんなに褒められていいんだろうか、と居《い》た堪《たま》れなくなるほど、西部さんは『人生にはやらなくていいことがある』を褒め切ってくださいました。「この本には、生きている人間が、どう活動するかという説得力としてのactuality（現実性）がある。生きている感じが強い」と、エリク・エリクソンの『ガンディーの真理　戦闘的非暴力の起原』のことを話されました。話しながらポイントとなる言葉を板書《ばんしょ》するのが「西部邁ゼミナール」のスタイルなんですが、手の痛みで何度もチョークを落としてしまわれる。わたしが震災前の数年間、鬱病《うつびょう》を患っていたことを話すと、西部さんは「昔から不思議な字だなと思っていたんだけど、鬱という字は上に木が二つあるでしょ？　字の通り、木が群がり茂ること、木の枝葉《えだは》が繁茂《はんも》することなんですよ。鬱勃《うつぼつ》だとポジティブ、鬱屈《うつくつ》だとネガティブ。変に繁ると絡まり合って身動きが取れなくなるけれど、うまく繁ればきれいに枝葉が育つ」とおっしゃってくださった。そして、不意に、黒板に「自裁」という二文字を書かれたんです。それを声にすることはなかったし、なんの説明もなかったから、わたしは黙って見ていました。しばらくして西部さんは黒板消しで「自裁」を擦《こす》ったんですが、手の力が弱く、消え残っているのが気になりました。

再び、歳月は流れました。

二〇一七年は、南相馬の原町区から旧「警戒区域」である小高区に転居し、本屋の開店準備に追われる日々でした。クリスマスイブには、自宅倉庫で「cascade破水」という朗読と音楽と舞踏の無料イベントを開きました。

西部さんから『保守の真髄《しんずい》――老酔狂で語る文明の紊乱《ぶんらん》』が届いたのは、ちょうどその頃だったんです。

富岡幸一郎さんへの年賀状には「西部さんとお話ししてから、もうじき一年になります。もう一度西部さんとお話ししたいので、是非、西部邁ゼミナールに呼んでください」と書いて送りました。

年が明けました。一月二十一日午前六時四十分頃、西部さんは多摩川に飛び込んで「自裁」してしまわれました――。

柳さんと西部さんの関係がわかりました。わたしは西部さんとは個人的な付き合いがないので深いことは言えませんが、彼は思想や言論について、非常に鋭敏《えいびん》なアンテナを持っていた人ですからね。嘘っぽいものを一切認めない潔癖さがあった。平成の三十年という嘘っぽさが蔓延《まんえん》した時代に耐え切れなかったのかもしれませんね。

山折

柳　平成は三十年で終わりますね。

山折　わたしは平成元年に京都に移住しました。その頃の京都には、錚々《そうそう》たる面白い人間がたくさんいた。みんな、死んでいった。梅原猛《うめはらたけし》も平成最後の年に死んだ。普通、哲学者は「考える人」といわれるけれども、梅原さんは考えたことを語ろうとした、また語ることが出来た人です。考えたことを語り続けた人でした。腹の底で考えたことを正面から語ることの出来る自前の哲学を持っていた。一般の人を前にして、その心に届くようなわかりやすい言葉で哲学を語ることの出来る、哲学者だったと思います。「西洋哲学かぶれ」の度合いの最も少ないタイプの自立した哲学者だった。梅原猛に比べれば、明治以降のこの国の哲学の伝統はほとんど借用と模倣を回路にした大学アカデミーにおける構壇哲学だったことがよくわかります。つまり「西洋かぶれ」の哲学、「かぶれの思想」だったわけです。そういう意味では戦前の西田幾多郎《にしだきたろう》の哲学、戦後の桑原《くわばら》武夫《たけお》の文学や思想も「西洋かぶれ」の傘下にあったと言っていいでしょう。よく世間では梅原さんのことを評する場合、「京都学派」の巨人とか言っているけれども、むしろその逆ですね、アンチ・京都学派の巨人といった方がいいわけです。表面だけを見ていては、梅原さんの本質を見誤る。日本全体を見回しても、梅原さんに代わる哲学者はもういないですね。

柳　西部さんは、自分の言っていることに耳を傾けてもらえない、理解出来る人がいない、という淋しさがあったんじゃないでしょうか。そしてやはり、最後は身体が動かなくなった、四肢《しし》の痛みで生活にも支障をきたすようになったということも大きかったと思います。

山折　そのことは、絶筆となった『保守の真髄――老酔狂で語る文明の紊乱』の最初のページに書いてあります。「自分にとって最後となるはずの著述を娘を相手にしての口述筆記で行わなければならないのは、利き手の右腕が、手や指先をはじめとして、益々激しく神経痛に襲われているからである」と。

柳　全体の健康が衰えてくることによって生命欲も落ちてきますよ。人間はなかなか思想だけで死ねるものではない。思想に身体的な状況が加わったことが「自裁」に繫がったのでしょう。お酒もだいぶ飲まれていたそうですね。

山折　深いお酒をされていました。一軒一軒が長い。必ず朝までで、人恋しさを隠さない方でした。いつも、もっと話したい、さらに語りたいという思いが溢れていましたね。

柳　あぁ、淋しかったんでしょうね。平成の三十年は「パクリ」の時代ですしね。

まだね、昭和の「かぶれ」の時代には、自分がマルクス主義やフロイト主義、構造主義などにかぶれていることを半ば意識していたわけですけれども、それが平成になると、コピー文化・IT文化が広がって、ほとんど無自覚になっていった。他人の思想の断片をハシでつまんで、その無自覚の浅知恵を上手に働かせて「パク」る。つまり「パクリ」の文化が横行するようになった。

柳　かぶれだと痒《かゆ》みみたいな症状が出たりするし、痒いともぞもぞしたりしますからね。かぶれた体は自分でも不快だし、どこで何をしていても落ち着かないものですよ。

山折　親鸞を例に挙げますとね、親鸞は知の中の知を選び抜いて歩んだ。それは、『教行信証《きょうぎょうしんしょう》』の知と『歎異抄《たんにしょう》』の知の、二つの知です。『教行信証』というのは、卒業論文、博士論文的な知なんですよ。「教」は『大無量寿経《だいむりょうじゅきょう》』という浄土宗のテキスト、「信」は信仰、「行」は「教」と「信」に基づく実践すなわち「念仏」という信心の日常、「証」というのは浄土に往生出来るという結果です。道元の仏法思想書である『正法眼蔵《しょうぼうげんぞう》』もそれに当たりますね。

でも、どう考えたって、『教行信証』や『正法眼蔵』を多くの人が理解出来るわけがない。理解出来るとも思えない。理解出来ないまま、そこをそのまま通過してしまうと、どうなるのか？　かぶれ、ですよ、かぶれるだけです。親鸞、道元、西田幾多郎、和辻哲郎《わつじてつろう》、鈴木大拙《すずきだいせつ》、丸山眞男《まるやままさお》、吉本隆明《よしもとたかあき》、カント、デカルト、ハイデッガー、ニーチェ、フーコー、デリダ、なんにでもかぶれることになってくるわけです。そういう、成熟とか変容を無視した学問、文学、あるいは人間そのものの理解の仕方というのは、どこか偏頗《へんぱ》で、詰まるところ、全て知の重さを感ずるだけの存在の重さに引き摺り回されているだけですね。

　知との遭遇というのは、本来、心の芯を揺るがすような感動、魂の振動を伴います。その揺れが激しければ激しいほど、自分自身の存在が根底から覆されるかもしれないという危険と不安も伴います。揺さぶられれば、変わる。変わった後に、成長する。ぼくはぼくなりに、貧しい成長の仕方をしたかもしれないけれども、そんな揺さぶり経験の中で人間も思想も変わるということを前提にして考えて来ました。人間は変化していく。かぶれている状態には留まらない。得るものは得て、捨てるものは捨てて、成長していく。

　それでは、親鸞の『教行信証』が卒論・博論だとしたら、『歎異抄』とは何だったのかというと、それはメモなんだ。親鸞自身が晩年に向かってどんどん変化していく。その変化を一人の弟子の手でメモしたものが『歎異抄』なんです。でもそれは、親鸞が日常の中で語っていることを、弟子の唯円《ゆいえん》が書き留めたものであって、親鸞自身が考え抜いた思考内容とは必ずしも重ならない。その点が、自ら筆を執《と》って記した『教行信証』や、後の『和讃』の言葉とは決定的に異なります。『歎異抄』の語りの場には、メモをした唯円だけではなく、他の弟子や、妻の恵信尼《えしんに》もいたかもしれない。信頼出来る人たちの前で、親鸞は、行きつ戻りつしながら、時には口ごもり沈黙しながら語っている。『歎異抄』には、聞き手がいて、その聞き手を前にした「間」があるんですね。自問と自答の間にある「間」とも言えます。「間」が無いところでは、問題の本質をどう考えるか、その心の揺らぎや変化は起こらない。親鸞の『歎異抄』は、読むものを自問自答の場に誘い、大きな揺らぎを経ての変化へと導いているんだと思います。揺らぎつつ渡ったり越えたりしようとすれば足腰は鍛えられるだろうし、引っ張られたり引っ張り返したり、しなったりたわんだりを繰り返すうちに、柔軟さを身に付けることも出来ます。揺らぎが起こらない確固としたものを完成させることよりも、揺らぎを生み出す「間」の方が重要なんではないでしょうか。『教行信証』と『歎異抄』では、「知」の在り方がまるで違う。そのためあの

『歎異抄』にちりばめられている「逆説」がうまく理解されないということにもなった。『歎異抄』は、徹頭徹尾「自問自答」の揺らぎの言葉に満ち満ちている、とぼくは思います。

（二〇一九年二月十四日）

第六夜

昭和の終わりと平成の終わり

柳　まもなく平成が終わるわけですが、山折さんは平成元年に京都に移住されたんですよね。昭和の終わりの日のことはおぼえていらっしゃいますか？

山折　昭和の終わり、そして平成の始まりで、わたしにとって忘れられないことは二つあるんです。一つは一九八九年一月七日の昭和天皇の崩御《ほうぎょ》。もう一つは、その半年後の六月二十四日の美空《みそら》ひばりの死です。この二つの死によって昭和が終わった。

わたしにとって美空ひばりとは戦後そのものだった。最初はこましゃくれた人真似《ひとまね》の上手い、あの少女が大嫌いだったんですよ（笑）。

柳　大嫌い（笑）。

山折　笠置《かさぎ》シヅ子のマネをやっているところなんか大嫌いだった。もっと正直に言うと軽蔑《けいべつ》していた。ところが途中から変わったんですよ。

大きな転機は「悲しい酒」（一九六六年）です。高度経済成長期、田舎《いなか》、特に東北から集団就職列車に乗って、たくさんの若者たちが金の卵として都市に流入しました。そして、朝から晩まで高層ビルや道路を作るための肉体労働に従事した。その背後には敗戦からの復興の問題と、アメリカの「軍産複合体」に対応する「公共事業複合体」の政治家・官僚・ディベロッパーによる私利中心の「日本列島改造論」という経済成長計画があった。その中心で活躍したのが田中角栄《たなかかくえい》で、その政治に踊らされた周縁の人々を歌で慰撫《いぶ》したのが美空ひばりです。金の卵として企業に持《も》て囃《はや》された挙句《あげく》使い捨てられる運命にあった東北の年少労働者たちが、疲れ果てて安アパートや寮に帰り、独り安酒を飲みながら歌を聴く。その歌が、美空ひばりの「悲しい酒」だったんです。

歌というものは時代の明だけではなく、暗をもくっきりと映し出します。日本人は美空ひばりと共に戦後へと歩み出したわけです。ふと気付くと、わたしは美空ひばりの追っかけをやっていましてね(笑)。昭和後半の美空ひばりの公演は、新宿コマから帝国劇場までほとんど行っています。

遂には、『演歌と日本人』(一九八四年/『演歌と日本人―「美空ひばり」の世界を通して日本人の心性と感性を探る』)というタイトルの本まで書いてしまった。ぼくはね、『美空ひばりと日本人』というタイトルにしたかったんだけど、担当編集者に「山折さんの読者は、美空ひばりなんて好きではない」と言われて、ボツにされた。それで、『演歌と日本人』なんていうつまらないタイトルになってしまいました。美空ひばりが亡くなった時に爆発的なひばりブームが起きて、知識人ぶった友人たちが「実は、おれもひばりファンだ」と隠れファンとして表に湧いて出て来た（笑）。

柳さんは一九八九年一月七日は、どちらにいらっしゃいましたか？

柳

わたしは二十歳でした。昨夜お話しした西部さんと初めてお目にかかったのもちょうどその時期なんですが、表参道のマンションで東由多加《ひがしゆたか》と同棲を始め、青春五月党を旗揚げしたばかりの頃です。崩御が報じられる何ヶ月も前からテレビの画面には、「天皇陛下のご容体」として体温、脈拍、血圧、呼吸数がリアルタイムで速報として報じられ、吐血《とけつ》、下血《げけつ》の量、血小板輸血を行ったことなども随時テロップで出されました。そんな中、プロ野球でリーグ優勝した中日ドラゴンズは、祝勝会でのビールかけや優勝パレードを中止にする決断をしました。忘年会も九割方自粛《じしゅく》されたそうで、デパートも観光地もガラガラ。夜は街から明かりが消えました。有名なのは、井上陽水《いのうえようすい》が走行する車の中から顔を出して「みなさんお元気ですか？」と視聴者に問い掛ける日産のCMの自粛ケースですね。天皇が病気を公表された直後から音声が消されて、井上陽水が口を動かすだけのシュールな映像になってしまった。一億総自粛の同調圧力が凄《すさ》まじかったので、崩御の日って、いったいどうなっちゃうんだろうね?と東と話したことをおぼえています。

そして、一九八九年一月七日を迎えます。テレビは一斉に特別番組に差し替えられ、アナウンサーやリポーターやコメンテーターたちは全員、喪服で登場しました。テレビから消えたのはCMだけではなく、歌番組、ドラマ、クイズ番組なども自粛となりました。当日は、崩御の特番を見ていたんですが、翌日も繰り返し同じ映像を流しているだけだったので、名画が揃っている渋谷のレンタルビデオ店に行き、どっさりビデオを借りて帰ったのをおぼえています。ビデオ店はすごく混んでいて、新作や準新作などは全部貸し出し中でした。日本全国レンタルビデオ店が大繁盛《だいはんじょう》で通常の四、五倍の貸し出しだったみたいですね。わたしたちは残っていた旧作を選び、毎日朝から晩まで映画を観ていました。何を観たのかもおぼえています。『禁じられた遊び』『自転車泥棒』『太陽がいっぱい』『地獄に堕ちた勇者ども』『雨に唄えば』『舞踏会の手帖』『市民ケーン』『ゴッドファーザー』など、既に何度も観ていて、間違いなく面白い名画を選びましたね。

崩御前後に結婚や出産という慶事《けいじ》を経験した人もいたはずです。その人たちがどのような自粛をしたのか、気になります。平成の天皇はそのような状況を避けるために生前退位の道を選ばれました。元号が変わった後も平成の天皇はお元気ですが、いつかはお亡くなりになるわけです。国民的な祭典や慶事の最中だったら、どう対応するのか？　同調圧力で地滑り的に自粛がエスカレートしていかないために、今こそ、昭和天皇崩御前後にマスコミ関係者や一般の人たちがどのような自粛をしたのか、詳細な分析や反省が必要だと思うんです。

山折さんは、京都に移られる直前ですよね。東京のどちらにいらっしゃったんですか？

山折

東京ではなくて、千葉の浦安でした。東京ディズニーランドが出来て、東京湾に隣接した浦安、新浦安、舞浜などがベイエリアと謳《うた》われ、大々的に高層マンションが売りに出された頃ですよ。

東京生活の始まりは三十一歳の頃で、東久留米《ひがしくるめ》の団地で妻子と共に暮らしました。一度、仙台に戻って教師をやったんですが、教師を辞めて東京に戻った時は、千葉の松戸や成田の教職員宿舎で暮らしました。柳さんは、二十代前半はまだ小説を書かれていなかった？

柳　十代半ばから二十代半ばまでは演劇一色でしたね。

山折　芝居といえば、ぼくは新宿の花園《はなぞの》神社に通っていたんですよ。唐十郎《からじゅうろう》さんの赤テントの舞台をときどき観ていたな。

柳　唐十郎率いる状況劇場は一九六〇年代の小劇場運動を牽引《けんいん》しましたね。唐さんと同時代に活躍した演劇人は、寺山修司《てらやましゅうじ》、東由多加、鈴木忠志《すずきただし》、別役実《べつやくみのる》、蜷川幸雄《にながわゆきお》、清水邦夫《しみずくにお》、佐藤信《さとうまこと》、太田省吾《おおたしょうご》、串田和美《くしだかずよし》などですね。七〇年代から八〇年代にかけて登場したのが、つかこうへい、野田秀樹《のだひでき》、鴻上尚史《こうかみしょうじ》。彼らはそれまで演劇に関心のなかった若い観客の支持を集め、「小劇場ブーム」の旗手《きしゅ》として度々マスコミに大きく取り上げられました。八〇年代半ば頃から九〇年代にかけて、平田《ひらた》オリザ、三谷幸喜《みたにこうき》、成井豊《なるいゆたか》、ケラリーノ・サンドロヴィッチ、松尾《まつお》スズキ、宮藤官九郎《くどうかんくろう》、鄭義信《チョンウイシン》なども登場し、わたしも同時期に青春五月党を旗揚げしたので、よくその面々と共に次世代の演劇界の担い手みたいな特集で取り上げられました。

演劇は、芸術作品であると同時に興行という側面があります。戯曲を書いた、さぁ公演をやろうというわけにはいかない。一年以上前から劇場を押さえ、ス

山折　タッフ・キャストのスケジュールを押さえ、一公演につき約五百万円の製作資金を集めるために奔走《ほんそう》しなければならない。無頼派だとか武闘派だとか言われてましたけど、実際は二年先の予定を組んで企画書を作成し、文化庁やセゾン文化財団に助成金を申請したり、文化芸術事業を助成している企業を調べて飛び込みでお願いに行ったり、マスコミ各社に公演を紹介してくださいとお願いに行ったり、チケットをまとめて買ってもらったり、チラシ・ポスター作り、照明、音響、舞台美術、衣装などの打ち合わせもあったし、十代後半から零細企業の経営をやってたようなものです。それと並行して、戯曲を書き、稽古場に通い、演出をするんです。いわゆるバブルの狂騒《きょうそう》とは無縁の世界にいましたね。

柳　わたしもバブルには直接触れることはなかったですよ。バブル期に良い思いもしなかったし、バブルが弾けた時に悪い思いもしなかった。ただ、大学はあの頃から腐敗《ふはい》していくわけだよね。

山折　山折さんは平成の天皇とほぼ同年代ですよね。天皇は一九三三年（昭和八年）十二月二十三日生まれで、山折さんは一九三一年（昭和六年）五月十一日生まれですね。

山折　天皇と同じ時代を歩んだという実感はありますす。だから平成という時代は平成の天皇と共に終わる。その感覚を昭和一桁《ひとけた》生まれは共有しているのではないでしょうか。

柳　昭和一桁世代は、天皇の人生の節目に自分の人生の節目を重ねる方が多いですよね。

山折　敏感に対応させる人もいますよね。わたしなりに共通体験を探すとすれば、昭和一桁世代というのは戦争を経験しているわけですよ。田舎に疎開したとか、空襲の下で生き延びたとか、軍需工場に動員されたなどという違いはあるにしても。

わたしたち一家が東京から岩手の花巻に引き揚げたのは昭和十八年（一九四三年）、連合艦隊司令長官の山本五十六《やまもといそろく》大将が南洋の島で搭乗機もろとも撃墜された年です。あまり知られていないけれど、昭和二十年の八月十日は、花巻でも大規模な空襲があって、宮沢賢治の生家が焼失し、高村光太郎《たかむらこうたろう》は炎の中を逃げ惑った。その五日後に、ぼくは友だちの家の庭先で「終戦詔勅《しゅうせんのしょうちょく》」を聴いた。雑音が入り混じってよく聞こえなかったが、天皇の声によって、日本が敗《ま》けたという事実がストレートに伝わって来た。ぼくは中途半端な軍国少年だったたから動揺はしたけれど、解放感の波もじわじわとやって来るのを感じた。敗戦と共に民主主義が入って来て、ぼくは途端に民主主義少年になる。軍国少年が半分、民主主義少年が半分、さらにマルクス主義にもかぶれて、それらが中途半端に混ざり合う、これが昭和一桁世代ですよ。

もう一つの共通体験は、民主主義と共に押し寄せてくるアメリカ文化、特にハリウッド文化の魅力ったらなかったですよ。この共通体験というのは、ほろ苦さと懐かしさが綯《な》い交《ま》ぜになっているね。

昨年、安室奈美恵《あむろなみえ》の引退コンサートがありましたでしょ。大変盛り上がってはいましたが、一九八八年四月十一日に東京ドームで行われた美空ひばりの最後のコンサートの盛り上がりとは、やはり違いますよ。美空ひばりのように時代を代表する歌手は、平成にはいないのではないでしょうか。

柳　平成は、懐かしむことが出来る時代ではないのかもしれませんね。

山折　後《のち》の世にみんなが懐かしめる個人がいるとすれば、フィギュアスケート選手の浅田真央《あさだまお》や羽生結弦《はにゅうゆづる》、最近ではテニスの錦織圭《にしこりけい》や大坂《おおさか》なおみでしょうね。彼らは平成の最後を美しく飾ってくれたキャラクターだ。政治家や思想家はいないな。文学者はどうでしょうか。石原慎太郎《いしはらしんたろう》はそういかんでしょう。大江《おおえ》健三郎《けんざぶろう》くらいか。とはいえ、大江さんも文学者としての活躍が華々しかったの

柳　は昭和で、平成を象徴する人ではない、とわたしは思う。

六〇年安保世代の村上春樹《むらかみはるき》は、日本人の奥底に、無意識の領域に潜む「悪」や「暴力」や「狂気」を登場人物に投影して書いています。幸福と不幸、光と闇が対立するものではなく、幸福が闇に沈み、光の中から不幸が浮かび上がるような村上春樹の世界観は、昭和から平成にかけての希望と絶望の曖昧《あいまい》さを見事に描き出しています。でも、現代日本を象徴する存在なのかと問われると、現時点ではそうではないような気がします。いや、でも、わからない。村上春樹がこの世を去ったら、平成の死を感じるのかもしれない。彼の小説を読むと、無数の無人島にたった独りで漂着して、他の島にいるかもしれない誰かと交信しようとして、魂を存在から遊離《ゆうり》させるかのようなSNSの孤絶感が伝わって来ます。道具としてのパソコンやスマホは小説世界から注意深く排しているのですが――。

今の若い世代の多くはSNSで外部と繋がっていて、開放的なように見えますが、実はとても狭い世界に閉ざされています。Twitterの例で言うと、自分と似た考えを持っていたり、趣味嗜好が同じだったり、共通点が多い相手をフォローするので、タイムラインに上がって来るのは、自分が興味を持てる範囲内の事件や出来事や、それに対する感想、「いいね」という同意だけです。異論反論をうるさくぶつけてくる気に食わないアカウントが出現したら、ブロックすればいいし、誹謗中傷《ひぼうちゅうしょう》が殺到して炎上するような事態に陥ったら、アカウントを消して新しい匿名《とくめい》のアカウントを作ればいい。FacebookやInstagramやLINEの説明は、長くなるのでやめておきますが、どのSNSも自分の顔が映る鏡を覗いているような感じです。活字は一切読まない、テレビも観ない、全ての情報源はSNSだ、という子どもたちが増えています。もちろん、SNSには窓の役割もあり、そこから顔を出して大きな声で叫べば誰かに声が届くのかもしれないけれど、その声をキャッチするのが善人だとは限らない。相談に乗るという甘く優しいレスポンスに誘われて、性犯罪や殺人に巻き込まれてしまった子どもたちもたくさんいます。でも、わたし自身は無人島からガラス瓶に手紙を入れて海に流すような心持ちでtweetをして、然《しか》るべき人に届いて読んでもらった経験があるので、SNSを全否定するつもりはありません。

山折　昭和一桁世代が亡くなるということは、戦争の体験者がいなくなるということでもあるわけだな。最近は、それがもたらすことの不安が募《つの》って来た。

柳　どんな不安ですか？

山折　わたしはインターネットの世界をまるで知らない。パソコンもスマートフォンも全く扱えない。原稿も手書きです。知らない、解らないからこそ、インターネットの世界が余計不安に見えるわけです。若者たちの右傾化《うけいか》、これはやはり深刻な問題だよね。今の内閣の問題を見ても、昭和一桁世代、全共闘世代が学生時分ならば絶対に許さないだろうということを、最近の若者たちは許している、むしろ、評価しているフシがある。それが不安の種《たね》だな。

闇は光では照らし出せない闇は闇で照らすしかない

柳　平成は、災害や事件によって、その輪郭を浮かび上がらせる時代と言えるかもしれませんね。メモしてきたので、読みます。

「阪神・淡路大震災」

平成七年（一九九五年）一月十七日午前五時四十六分五十二秒、兵庫県淡路島北部沖の明石海峡を震源とするマグニチュード七・三の地震が発生した。死者は六千四百三十四人。直接死の七十二パーセントが建物の倒壊や家具の転倒による窒息・圧死だった。避難先での高齢者らの孤独死も大きな問題になった。

「地下鉄サリン事件」

平成七年（一九九五年）三月二十日午前八時、地下鉄日比谷線、千代田線、丸ノ内線の計五本の車内で、オウム真理教の幹部が猛毒のサリンが入ったポリ袋を傘の先でつき、散布した事件。首都東京を混乱させることが目的で、三路線は日本の行政機関の庁舎が建ち並ぶ霞ケ関駅を通ることから選ばれた。乗客や地下鉄駅務員ら二十一歳〜九十二歳の十三人が死亡し、六千人以上が重軽症を負った。

「神戸連続児童殺傷事件」

平成九年（一九九七年）二月〜五月に、少年A（十四歳）が、兵庫県神戸市に住む児童五人を襲い、小四の女児と小六の男児を殺害、三人に重軽傷を負わせた。少年Aは同年六月に逮捕され、医療少年院に送致された。この事件は、刑事罰の対象年齢を十六歳から十四歳に引き下げる少年法改正のきっかけにもなった。

少年Aは二〇〇五年一月に医療少年院を退院し、社会復帰した。

「秋葉原無差別殺傷事件」

平成二十年（二〇〇八年）六月八日午後零時半頃、元派遣社員の加藤智大《かとうともひろ》死刑囚（二十五歳）が、東京都千代田区秋葉原の歩行者天国にトラックで突っ込んで通行人をはねた後、刃物で次々に襲い、七人を殺害、十人に重軽傷を負わせた。二〇一五年二月に死刑判決が確定。確定判決では「職を転々として孤独感を深めていた中、没頭していたインターネットの掲示板で嫌がらせを受け、派遣先でも嫌がらせを受けたと思い込み、強い怒りを覚えていた」と指摘。「嫌がらせをした者らに、その行為が重大な結果をもたらすことを知らしめるため」と動機を認定した。

「東日本大震災」

平成二十三年（二〇一一年）三月十一日午後二時四十六分十八秒、宮城県牡鹿半島の東南東沖を震源とする地震が発生した。地震の規模はマグニチュード九・〇で、日本周辺における観測史上最大の地震である。東北地方の沿岸部では最高潮位九・三メートル、遡上高《そじようこう》四十・五メートルに達する巨大津波が発生した。岩手、宮城、福島の三県を中心に、死者は一万五千八百九十七人、行方不明者は二千五百三十三人に上る。

「相模原障害者殺傷事件（やまゆり園事件）」

平成二十八年（二〇一六年）七月二十六日、神奈川県相模原市の障害者施設「津久井やまゆり園」で元職員の植松聖《うえまつさとし》被告（二十六歳）が、入所者十九人を殺害、職員三人を含む二十七人に重軽傷を負わせた。植松被告は、事件前に衆議院議長公邸に持参していた手紙に、重複障害者が「安楽死できる世界」を「目標」とし、「障害者は不幸を作ることしかできません」などと書いていた。

「座間九遺体事件」

平成二十九年（二〇一七年）十月三十一日、逮捕された容疑者の男性（二十七歳）が住んでいた神奈川県座間市のアパート室内から、若い女性八人、男性一人の計九人の遺体が発見された。殺害、遺体損壊を行ったのは同年八月二十二日から十月三十日までの期間で、犯行は全て室内で行われたとみられている。容疑者はスーパーマーケット店員、パチンコ店員、性風俗店で働く女性をスカウトするなど複数の職を転々としていた。容疑者は複数のTwitterアカウントを保有し、九人の被害者とは「Twitterで知り合った」と供述している。「首吊り士」を名乗ったアカウントでは、自殺志願者に自殺方法などを助言し、個別にDMを送っては自殺幇助を約束して面会していた。この事件を受けて、Twitter社日本法人は「自殺や自傷行為の助長や扇動は禁じられています」との文言を利用規約に追加し、違反があればtweetの削除やアカウント凍結の措置を取ると発表した。

震災については今までの対談でかなり語ったので、平成の時代を象徴する事件から考えたいと思います。社会が抱える問題は、統計的な平均値からは読み解けません。犯罪という形で突出した時に初めて、その犯罪を駆動《くどう》させた問題が顕在化《けんざいか》します。とは言っても、事件を手掛かりに社会学的に「平成」を分析するのではなく、「心の闇」という言葉について考えてみたいです。社会を震撼《しんかん》させる事件が起きる度に必ずマスメディアで使用される言葉です。「心の闇を探る」という役割を与えられた心理学者たちは犯罪の原因や動機を分析し、社会学者たちは犯罪を生み出した社会構造の問題を解説するわけですが、テレビのコメンテーターや新聞・雑誌の識者の言葉は所詮《しょせん》懐中電灯なんですよ。いくら照らそうとしても照らせるのは僅《わず》かな範囲に過ぎません。そして、そのことに無自覚で自信たっぷりな物言いをするコメンテーターが多過ぎる。

わたしは群馬県の大清水から奥鬼怒スーパー林道を歩いて、千三百九メートルの照明のない真っ暗なトンネルを歩いて栃木県側に抜けたことがあります。県境の表示はトンネル内にあるんですが、直線ではなく曲がっているので、トンネルの真ん中辺りで入口も出口も見えなくなるんですよ。車は通行止めなので、行《い》き交《か》う車も人もいない。登山用のヘッドライトと高輝度《こうきど》の懐中電灯で行く手を照らしながら進んだんですが、光で照らせる範囲は僅かで、闇に閉じ込められているという息苦しさでパニックになり、トンネルを避けて遠回りすべきだったと深く後悔しました。

闇は、光では照らし出せません。闇を闇で照らすことが、宗教や文学の役目なのではないでしょうか。

山折　闇は闇で照らすしかない。いい言葉だ。わたしが言いたいこともまさに同じで、混沌《カオス》を明らかにするためには、カオスそのものに浸からなければならない、

柳　ということなんです。そんな危険を冒《おか》してでも探していたものが見つかるのかといえば、その保証はない。そもそも、トンネルに入ろうとするアクティブな人間が少なくなっているわけだね。みんな、出口の見えない闇に身を浸すことを恐れている。闇や沈黙や混沌は、徒《いたず》らに負のイメージを押し付けられているということです。

この間、「静物画」に出演した高校生たち十人と、福島県のいわき駅前のカラオケボックスで歌ったんです。彼らが選んだ歌の歌詞は「奇跡のバトン」「寄り添って」「永久の愛」「本当の優しさ」「まぶしい朝」「君との未来」という明るい言葉で彩られていました。淋しい時、悲しい時、打ちのめされている時にこういう言葉で励《はげ》まされると、淋しさや悲しみは心の暗がりに置いてけぼりになるのではないかなと思いました。美空ひばりの「悲しい酒」のように、暗がりの中にすーっと入ってくるような歌は少なくなっていますよね。

でも、マレーシアからの留学生の女の子があいみょんの「マリーゴールド」を歌っていて、あいみょんは悲しみや怒りや生き死にやセックスなど本来暗がりの中に息づくものを、臆《おく》することなく光の中に放り投げるような歌を作っているなと思いました。あいみょんは自己展開力が強いシンガーソングライターだから、個人的な体験に根差した歌詞でも決して自分語りには留まらないジャンプ力がある。

わたし自身は、音楽をかなり幅広く、手当たり次第に聴いて来ましたが、仕事や家事をしながらではなくて、音楽だけを聴く時は、やっぱり悲しい時なんですね。しんどい時、憎んでいる時、嫌になってしまった時、死にたい、という言葉が口から漏れないようにしている時です。そういう感情は日常生活では外側の自分にくるんで、表に出さないようにしています。心の暗がりに隠している。だから、その悲しみや苦しみや怒りを名指して暗がりから連れ出してくれたり、暗がりの中に入り込んで代わりに泣いたり叫んだり呼んだりしてくれる歌が好きです。感情に直《じか》に触れてくる旋律や声として聴きたいので、クラシックやジャズや外国語の歌が多いんですが、日本の歌い手では、忌野清志郎、松任谷由実、中島みゆき、長渕剛、遠藤ミチロウ、尾崎豊、岡村靖幸、甲本ヒロト（ザ・クロマニヨンズ）、宮本浩次（エレファントカシマシ）、チバユウスケ（The Birthday）、椎名林檎、Shing02、マキシマムザ亮君（マキシマムザホルモン）などをよく聴いています。

美空ひばりのような時代や世代を象徴する存在としては、宇多田ヒカルと

RADWIMPSの野田洋次郎の名前は挙げられるかもしれません。宇多田ヒカルはアメリカで生まれ育ち、野田洋次郎も幼少期をアメリカで過ごしていて、母語が二ヶ国だというバックボーンが共通しています。だからなのかもしれませんが、作詞における日本語の言葉選びが、非常に厳密です。手垢《てあか》のついた安易な表現を避け、拒んでいる。言葉の世界に深く潜入しながらも、つかんだ言葉を歌として解き放つ作曲家としての天与の才能があります。そして何よりも、声が素晴らしい。己を超えるものに向かって問うように、祈るように歌っている。二人の歌は、悲しみを歌っていても感傷的ではないし、愛を歌っていても乾いてはいないし、孤独を歌っていても狭くはない、広がりがあります。近作では、宇多田ヒカルが、自ら命を絶ったといわれる母親（藤圭子）への思慕と喪の時間を歌った「花束を君に」「真夏の通り雨」には、万葉集の挽歌にも通じる無常が流れていて、五十年後にも残る歌だと思います。宇多田ヒカルと野田洋次郎は、平成を代表する歌手だと思います。

山折　社会、政治、家族、あらゆる共同体の内部において不条理で救いが無い出来事が絶え間なく起こっています。その不条理の最前線で、なんとか状況を改善出来ないかと日々奮闘されている方々がいる。みなさん、活動の中で最も大切なのは言葉だとおっしゃる。言葉を見つけ、その言葉を話し掛けるタイミングを見つけてコミュニケーションを取る、と。やはり、頭の上から、あの「初めに言葉ありき」という御《ご》託宣《たくせん》が聞こえて来る。もちろん言葉そのものの重要性を否定するつもりはありません。けれども、危機的状況の最前線であればあるほど、その言葉自体に限界点が見えて来るのだとそれとなく伝えるんだけど、最後は言葉ですよ、言葉の力に頼るしかない、とみな口を揃える。わたしは、最後は言葉ではない、沈黙だと心の底では思いながらね……

「初めに言葉ありき」は、新訳聖書の「ヨハネによる福音書」第一章の言葉です。

「初めに言《ことば》があった。言は神と共にあった。言は神であった。この言は、初めに神と共にあった。万物は言によって成った。成ったもので、言によらずに成ったものは何一つなかった。言の内に命があった。命は人間を照らす光であった。光は暗闇の中で輝いている。暗闇は光を理解しなかった」

「言《ことば》」はギリシア語で「ホ・ロゴス（ho logos）」（ho は冠詞）で、旧約聖書「創世記」第一章にある「光あれ」という神の声に呼応しています。「言」とは、混沌と闇と無の中から天地を創造された「神の力強い働きかけ」だと、南相馬のカトリック原町教会の幸田和生《こうだかずお》司教が説かれていました。

若松英輔《わかまつえいすけ》さんは『イエス伝』（二〇一五年）の中で、このヨハネによる福音書の「初めに言があった」について、ここでの「言」は「言語」としての言葉ではない、と書かれています。「言語は、『言葉』の一形態に過ぎない。画家は色という『言葉』で絵を描く。音楽家は音という『言葉』を用いて、彫刻家はかたちという『言葉』で、それぞれの作品を作り、そこに意味を顕現させている。『コーラン』あるいは新約聖書でいう『言葉』とは、意味の始原、意味の根源的な姿を指している」と。だとしたら、他者と共有する「沈黙」もまた「言葉」の一つの姿ではないか、とわたしは思います。神が天地創造の始まりにおいて、「光あれ」と呼び掛ける前には沈黙が在《あ》りました。「闇が深淵《しんえん》の面にある」混沌の中の永遠に通じるような長い、深い、沈黙です。その沈黙に裏打ちされているから、「初めに言があった」という言葉は、美しく、力があるのではないでしょうか。

わたしは、今のところ洗礼を受けてはいませんが、十三歳の時から聖書を読み、教会には通っています。何故、キリスト教から離れないのかというと、人生の中で絶望的な状況に陥った時に、イエスを近くに感じるからです。ヨハネにとってイエスは圧倒的な光としての経験だったのでしょうが、わたしにとってイエスは暗闇の中に降りてきて、共に暗闇に留まってくれる存在です。イエスは従来のユダヤ教による社会制度への挑戦、異議申し立てを自身の存在を賭けて行いました。暗闇の中にいて誰にも顧みられないだけではなく、時には蔑まれ、疎まれ、忌避され、差別され、攻撃される人たちのところに自ら赴《おもむ》き、その手を差し伸べました。その手の先、眼差《まなざ》しの先にいたのは、「娼婦」「出血の止まらない女」「重い皮膚病の人」「死者」「目の見えない人」「足の不自由な人」たちです。イエスは、ユダヤ教の律法学者たちからは危険人物だと敵視され、十二弟子の一人であるイスカリオテのユダに売られ、敵に引き渡されます。そして、蔑まれ、笑い者にされ、鞭打たれ、群衆に「十字架につけろ、十字架につけろ」と叫ばれて、遂には磔刑《たっけい》という残酷な刑罰で命を奪われてしまう。イエスは人の中の暗闇を覗き、自ら暗闇に身を浸し、絶望し、飢え渇き、痛み、悲しんだ人だと思います。だから、もう終わりだ、これ以上生きていたくない、という絶望の縁に立たされた時に、イエスの存在を誰よりも近くに感じるのです。イエスの「言葉」はいつも「声」としてわたしに響き、響きが消えた沈黙の中で谺《こだま》します。そう考えた時、心の闇に届く真の「言葉」とは、頭で理解する「言語」なのではなく、沈黙を伴った声という体験なのではないかと思います。

山折　ヨーロッパ文化におけるものの考え方の基本は「カオスからコスモスへ（混沌から秩序・調和へ）」なんです。混沌とした世界をいかに秩序正しく改変するかというのが進化史観であり西洋史観であり文明史観なんだ。仏教や老荘思想《ろうそうしそう》の思想は真逆で、「コスモスからカオスへ」という思考のベクトルを持っている。コスモスの世界をカオスの世界へいっぺん全部叩き込み、闇の中から新しい光源を探る。このことはなにも西洋対東洋という対立軸で考えなくていいんです。我々近代化された人間というのはね、どうしても「カオスからコスモスへ」という一方通行的な思考に陥りがちだ。そのコスモスへと向かう時の重要な思考の道具として言葉が不可欠であると信じて疑わない。わたしは、「コスモスからカオスへ」というもう一方の方向性を持たないと、解《かい》に到達することは結局は出来ないのではないかと常々思っています。

しかしこのようなわたしの考え方は、国際的な会議ではなかなか通じないんですよ。「カオスからコスモスへ」という黄金《おうごん》の尺度がポーンと前に出て来る。言葉には照らし出せない闇の世界は見て見ぬ振りをする、無かったことにされる。そして遂に闇は闇のままに放置されてしまう。だから、闇から飛び出して

柳

きた問題に社会が脅かされると、やれ心の闇を探れ、やれ心の闇を解き明かせ、と蜂の巣をつついたような騒ぎになるわけですよ。

『ゲド戦記』というファンタジー小説の傑作を書いたル＝グウィンは、山折さんと同じアメリカのカリフォルニア州で生まれ、ほぼ山折さんと同世代ですね。『ゲド戦記』は、西海岸と太平洋を挟んで接しているアジア文化と、ネイティブアメリカンの文化が素地になっているのではないかと指摘されていますが、トールキンの『指輪物語』やルイスの『ナルニア国物語』とは大きく異なる一神教の神が不在の混沌とした世界を描き出しています。

主人公ゲドは、旅の半ばで「影」から逃げるのではなく、「影」を追う立場に変わります。物語の終わり近くに、ゲドの魔法の杖が光り、燃え出し、「杖の投げかける光が闇にとってかわろうとする、その光と闇の境界に」影を発見するシーンがあります。

「一瞬ののち、太古の静寂を破って、ゲドが大声で、はっきりと影の名を語った。時を同じくして、影もまた、唇も舌もないというのに、まったく同じ名を語った。

『ゲド！』

ふたつの声はひとつだった。
ゲドは杖をとりおとして、両手をさしのべ、自分に向かってのびてきた己の影を、その黒い分身をしかと抱きしめた。光と闇とは出会い、溶けあって、ひとつになった」

（ソフトカバー版『ゲド戦記Ⅰ』影との戦い／清水真砂子＝訳）

光から闇を排したユートピアのイメージではなく、光と闇が合一したところから世界と自己の調和を見つけるというストーリーで、東洋的な価値観ともいえるかもしれませんが、『ゲド戦記』に描かれている倫理には非常に奥行きがあり、美しいです。

悲しみに浸ることの先にある快復と解放

柳

演劇においては、台詞《せりふ》（言葉）よりも、言葉にはならない思いを肉体でどう表現するか、沈黙をどこでどのように響かせるかということが重要です。
「町の形見」の公演パンフレットに、わたしはこう書いています。

「わたしは、子どもの頃から悲しい物語が好きだった。悲しみが含まれないものには全く魅力を感じなかった。いま振り返ると、それは、たぶん、悲しみが最も馴染《なじ》み深い感情だったからでないかと思う。（中略）（悲しみに溺れて自分が見えなくなってしまう）何歩か手前で、わたしは小説や詩歌を読み、落語や音楽を聴き、映画や演劇を観て、その中に表されている悲しみに近付き、触れてみる。そうしているうちに、いつの間にか自分の中から悲しみが滲み出し、悲しみの出口が見つかり、悲しみの水路が生まれるのを感じることがある」

（河出書房新社『町の形見』収録）

わたしは、臨時災害放送局の「ふたりとひとり」という番組で、南相馬で暮らす六百人の方々のお話を聴く中で、いったいどうすれば彼らの胸を塞《ふさ》いでいる悲しみの水路を作ることが出来るのかを考え続けて来ました。

その一つの答えが、演劇です。わたしは「静物画」では十五歳から十八歳の高校生の男女十二人を、「町の形見」では六十九歳から七十六歳の男女八人を俳優として起用しました。戯曲には彼らの震災時の実体験を書いています。力ずくでいきなり開くのではなく、勢い良く踏み込むのでもなく、かといって、触れない、目を逸《そ》らすのではなく、手当てをするようにそうっと触れる――、「静物画」「町の形見」は、彼ら一人一人の話を聴くことから生まれた作品です。劇作家であり演出家であるわたしが聴いたというだけではなく、聴き手としての俳優が舞台上に登場します。話者の悲しみをいったん聴き手の俳優が受け止めた上で、観客に伝える。それが、わたしの考えた水路です。

「静物画」（女子版）で「さつき」を演じた関根颯姫《せきねさつき》さん（十八歳）は、福島県双葉《ふたば》郡富岡《とみおか》町出身です。小学四年生の時に自宅が津波で流され、原発事故によって富岡町が「警戒区域」として立入禁止になったため、各地を転々としました。この間、さっちゃん（颯姫さん）が常磐線に乗って小高の我が家を訪ねてくれました。帰りは車で送ってあげたんですが、富岡町の津波で流された家の跡地に案内してくれました。何を話したというわけでもなく、さっちゃんちの跡地に立って、二人で黙って海の方を眺めた。その夜、彼女は津波に遭《あ》った直後の家の写真を送ってくれました。

他人を思いやることの大切さは、口では簡単に言えるけど、それを実践することはなかなか出来ないものですね。柳さんは、二〇一一年三月十一日以降、臨時災害放送局の「ふたりとひとり」というラジオ番組、本屋フルハウス、「静物画」「町の形見」という二本の芝居で、思いやりを実践されている。

山折

柳　「思いやり」という言葉には、言葉を失うような他者の悲しみや苦しみや痛みに接した時に、自分は何もしてあげられない、代わってあげることも出来ない、思いを遣《や》ることしか出来ない、という無力さが含まれている気がします。

山折　「グリーフワーク（grief work）」という言葉があります。グリーフは、「深い悲しみ」という意味です。事故や災害で近親者と死別して悲しみの只中《ただなか》にいる人に対して、心理学的な手法を用いながら徐々に悲しみを受け容《い》れるようにする過程、悲しみを緩和したり取り除く方法のことです。被災地に赴くカウンセラーや傾聴《けいちょう》ボランティアの方々はみんなこのグリーフワークを行っているわけです。彼らは最終的にはその悲しみを取り除くにはどうしたらいいかに重点を置きます。しかし仏教の考え方は必ずしもそうじゃない。悲しみから解放されるためには、悲しみの中に浸ることこそが重要であると考えますね。

柳　悲しみに暮れる、悲しみに浸るという時間は大切です。東由多加が亡くなって十九年になりますが、わたしはまだ悲しい。いつまでも悲しんでいるのは後ろ向きだ、そろそろ前を向いてもいい頃だ。過去に囚《とら》われてばかりいないで、未来志向で行こう。悲しみは時が癒してくれる。これらは、その人が大事にしている悲しみを蔑《ないがし》ろにする言葉なのではないでしょうか。わたしは、東に先立たれた悲しみと共に生きていくと決めています。ひと言でいうと、癒されたくないんです。

生者は死者と何処で出会い　どうやって癒されるのか

柳　山折さんにとって、これまで生きて来た中で一番悲しい出来事は？

山折　母が死んだ時かもしれない。わたしは母とはあまり関係が良くなかった。相性が悪いと言ったらそれまでだけれども、お互いに葛藤《かっとう》の対象だった。母は寺の娘なわけです。でも、家族の前で念仏を唱えることはなかったし、仏事に熱心なようにも見えなかった。普通の世俗的なおばさんですよね。わたし自身は、高校を卒業して花巻を去る前に、父と寺を継《つ》ぐか継がないかで話し合いを重ね、職業として僧侶を選ぶのは嫌だと言って家を出ました。そういう不届きな息子であるにもかかわらず、お袋に対しては、寺に生まれた寺の娘なんだから、もう少し信心があってもいいのではないか、念仏くらい唱えてもいいのではないかと密かに思っていたんですよ。

母は、昭和四十五年（一九七〇年）に癌性腹膜炎《がんせいふくまくえん》で緊急入院してそのまま亡くなりました。最後の一週間は病院に泊まり込んで看病の真似事をすることが出来たんですが、水が溜まるので腹が膨れ上がってね、ベッドの上で苦しんでいた。亡くなる二、三日前だったかな、わたしの顔をうつろな眼差しで見上げて、口をもぐもぐさせていた。なんだろうと耳を近付けたら、念仏を唱えているんです。苦しみ、痛み、死を前にした不安の中で自然に念仏が出て来たんでしょうね。念仏を唱える母の顔を見た瞬間、長年縺《もつ》れていた糸がすうっとほどけて、和解できたと思った。でも、母の死後、何故、最期の瞬間まで和解が出来なかったのか、という悲しみが押し寄せて来ました。

母を亡くした頃、日米の宗教学と心理学の研究者によるグリーフワークの共同研究チームがその研究報告を出したことを知りました。テーマは、交通事故で伴侶《はんりょ》を亡くした方々のグリーフワークでした。結論から言えば、精神的な後遺症が長く残るのはアメリカ人の方でした。日本人の場合はアメリカ人よりも心の傷の快復が遥かに早い。それは何故なのか。日本人の場合は、亡くなった人の位牌《いはい》を仏壇に祀《まつ》り、日常生活の中で手を合わせたり、ご飯や水や酒をあげたり、声を掛けたりしていることが快復に繋がっているのでないかというのが共同研究の結論でした。アメリカにもお墓はあるけれど、家の中には日常的に死者と繋がる場所はない。日本人は仏壇で手を合わせることを宗教的行為だと感じていない人の方が多いでしょう。しきたり、作法、日常的な習慣くらいの感じ方ですよね。でも、日本人のその無神論的な非常にマイルドな宗教文化が、深い悲しみや絶望からの快復を促進している。

柳　でも、仏壇や墓を持たないという人が年々増加していますね。

山折　そうなったら、遺族は死者と何処で会うのか？

柳　どうやって、悲しみと共に生きるのか？

がんばらない、寄り添う、悩まない、そして癒し

山折　わたしはね、平成には四つのキーワードがあった、と思っています。まず一つ目は「がんばらない」、これはもう流行語ですよね。二つ目は「寄り添う」、誰でも彼でも何にでも寄り添う、宗教者が寄り添うだけでいいのかってぼくは思うけどね（笑）。

柳　三つ目は「悩まない」です。精神医療者から聞いた話なんですが、最近の若者は悩み方を知らない、もっと言うと悩もうとしないんだそうです。「がんばらない」「寄り添う」「悩まない」、そして、この三つを支えるキーワードが平成の初期の段階で出現した「癒し」ですよ。「癒し」は「卑しい」言葉だ、とわたしはある雑誌に書いたことがある。昨今、「癒し」を求め過ぎだとは思いませんか？

山折　癒しキャラ、癒し画像、癒し系女子、癒し系音楽、癒されたい、癒される、「癒し」は流行語を超えて、もはや口癖と化していますね。

柳　「誰（主語）」が、「何のために（目的語）」が抜けた「癒し」という言葉が一人歩きをして、「がんばらない」「寄り添う」「悩まない」を支えている。「元気をもらう」という言葉も流行《はや》っていますよね。アイドルやミュージシャンが「元気を与えたい」と言っているのも、よく耳にします。元気は自分で出すものなのに、いつの間にか、他人からもらったり、他人に与えたりするものとして捉えられている。わたしはそれを耳にするたび気持ち悪くて身震いするんですが、でも、それを言わせているのは渇望感なんじゃないか。誰かに自分を見て欲しい、自分の話を聴いて欲しい、誰かに理解《わか》ってもらいたい、誰かに承認してもらいたい、誰でもいいから誰かと繋がりたい。その渇望感はSNSの世界に溢れています。

山折　わたしたちの世代が、子どもたちの渇望を充たすものを与えていない、ということですよね。

柳　かたや、二〇一八年四月から道徳が小中学校で必修教科になり、改正教育基本法（二〇〇六年）には「道徳心を培う」ことが明記されました。文部科学省のウェブサイトの「道徳教育について」という項目には、次のような文章が書かれています。「児童生徒が人間としての在り方を自覚し、人生をよりよく生きるために、その基盤となる道徳性を育成しようとするものです」

山折　そうやって道徳だけをつまみ出したって駄目なんだ。日本人の心の在り方には道徳も宗教も美意識も全部入っていて、それらは不可分の関係にある。心の教育として道徳を教えるとなると、道徳が心を代表するということになるでしょ。だから、わたしは道徳教育には反対なんですよ。

英語に「religion」という単語があります。日本語では「宗教」と訳されていますが、実はそう置き換えたら間違いなんだ。西洋人が考えた「religion」という言葉と、我々が使っている「宗教」という言葉には、重なる部分もあるけれど、重ならずにはみ出す部分の方が多い。そのはみ出す部分にこそ、日本人の心の在り方がある。道徳、美意識、宗教的心情が未分類のまま心を形作っている。これから学びの道を進む小学生の入口にして欲しいのは、心の領域を支える美意識です。むしろ美から入った方が、道徳的な感性やいわゆる日本人的な宗教的感性に近付きやすい。宗教や道徳で善や真《まこと》を説くでしょ。その際に、美意識が育まれていれば、善《よ》いことは美しい、真実は美しい、と受け取ることが出来る。そういうところにこの国の心の教育の特徴というか基本的な方向性があったと思いますよ。そこからそういう感覚が育つ。いじめは醜い、いじめるきみ自身が醜くなる、と導くことが出来る。

西洋の哲学というか考え方は必ずしもそうではない。真実というのは美として立ち現れる場合もあるし、醜として立ち現れる場合もある。醜い真実だって存在するというのが、西洋流の考え方の一つですね。

美とは何か、醜とは何か？　暴力とは何か？　暴力に善し悪しは在るのか？善とは何か、悪とは何か？　正義とは何か？　それらの問いの奥の方には、それは美しいか、それとも美しくないのか、という感覚的な判断基準のようなものが潜んでいる。

柳

山折さんが平成のキーワードとして挙げられた「がんばらない」「寄り添う」「悩まない」そして「癒し」、いま売れている本や映画や音楽はこの四つを肯定しているものが多いですね。しかしこれでは、現代人が抱えている「渇望」や「飢え」を充たすことは出来ません。だから、闇雲《やみくも》に繋がりを求め、フォロワーを増やし、友達リクエストを送り、「いいね」と承認されたい欲求が火ぶくれのように膨れ上がるのではないでしょうか。

突き詰めると、独りは嫌だ、「ぼっち」は惨めだ、ということですよね。みんな孤独と沈黙を恐れている。他人に答えや癒しや元気を求め、自分で悩み、治癒しようとしたり、元気を出してみようとはしない。答えや癒しや元気を他人から与えられるのを待つだけなんです。

現代の日本人が宗教に求めているのも、癒しなのではないでしょうか。わたしは、宗教の役割はそんなんじゃないと思うんです。独りで悩みや苦しみや悲しみを抱えるとグラグラしますよね。そのアンバランスを支えるための力、自分の軸を持つことが宗教だと思う。宗教は孤独から逃れるための抜け道や近道ではなく、孤独に耐え得る自分を求める険しい道だと思います。

答えのない問いを手放さずに持つことによって

山折　悩める者、迷える者を前にして旗を高く掲げ、「おれに続け！」と先に立って道を進む宗教的指導者も必要だけれども、もう少し柔軟に一人一人に対応する指導者も必要なのではないかと以前から思っているんです。それはひょっとすると、演劇における演出家の役割と似ているかもしれない。俳優との稽古やスタッフとの話し合いを重ね、その結晶として創り上げた一つの世界と観客を結び付けるという演出家的役割が欠けている宗教が多い。柔軟性のある有能な演出家の数が増えれば、独裁的な指導方法は相対的に低下してくるはずだ。つまり宗教的なテロなんていうものは、演出家の層が厚ければ厚いほど少なくなる可能性があるわけですよ。

柳　今の演劇界で、柔軟で有能な演出家の筆頭は、平田オリザさんです。『演劇入門』（一九九八年）、『芸術立国論』（二〇〇一年）、『わかりあえないことから──コミュニケーション能力とは何か』（二〇一二年）などという演劇書を多数執筆する理論家でありながら、演劇界自体を革新しようという行動力も併せ持っているオピニオンリーダーです。

平田オリザさんの試行は劇場や劇団の運営だけに留まらず、芸術的な理念を社会に対して示し、地方行政や教育の現場でそれを実践しています。東京で生まれ育ち、父親が創った「こまばアゴラ劇場」で「青年団」を主宰していた平田オリザさんが、今年劇団ごと兵庫県豊岡《とよおか》市に移動します。二〇二一年の四月に豊岡に観光とアートに特化した県立専門職大学が開校し、その学長に平田オリザさんが就任します。日本で演劇やダンスを本格的に学べる公立の大学です。平田さんと共に豊岡に移住する青年団の劇団員たちは、旅館で働いたり農業に従事したりしながら演劇を続け、小・中・高校の演劇教育にもコミットして地域社会に貢献するそうです。

平田さんはインタビューでこう語っています。

「負ける気がしない。勝ち目があるから移住するんです。だから、ここでのんびりして引退するつもりはさらさらありません。もはや、僕は東京の演劇界の中で競争することに関心はない。それよりも、豊岡を拠点にすれば、ダイレクトに世界と戦える。そして、演劇は豊岡で観光、鞄、農業に次ぐ第四の輸出産業になると思っています」

凄まじいエネルギーですよね。平田オリザさんは、自らの旗を高く掲げる革命家でありながら、社会の問題の一つ一つ、悩める人、迷える人、一人一人に対応する柔軟さを持つ、日本の演劇界に初めて現れた演出家です。

世間一般の演出家のイメージは、二〇一六年にお亡くなりになった蜷川幸雄さんに代表されるような、俳優を怒鳴りとばすとか灰皿を投げるとか（笑）。演出家に独裁者的なイメージを抱いている人が多いですが、実際は駄目出しなんて誰にでも出来ます。演出家の資質が問われるのは、適切に褒《ほ》めることが出来るかどうかです。俳優の演技は、貶《けな》すよりも褒める方が格段に良くなりますからね。でも、どこをどのタイミングで褒めて、良い方向に誘引するかが非常に難しいんですよ。

さらに、演出家の真の役割は、俳優に対して、こう言いなさい、こう動きなさい、こういう表情をしなさい、と安易な答えを与えることではなく、問いを掛けることだと思っています。「静物画」と「町の形見」の二作で四半世紀ぶりに演劇界に復帰しましたが、わたしは稽古中ずっと、年齢・性別に関係なく俳優たちに問い掛けていました。

たとえば「静物画」には、さつきとりょうという役が、りょうの「じゃあ、死ねば。そんなに死にたいなら死ねばいいじゃん」という台詞をきっかけに喧嘩《けんか》になるシーンがある。つかみ合い寸前で、他の生徒たちに止められるんですが、その後に長く気まずい「間」があり、「今日は、いい、お天気だね」という台詞がある。「いい、お天気だね」「空が、青い」「こんなに、青い空は、珍しいよね」「早く、夏服にならないかなぁ……」という台詞が続いて始業を告げるチャイムが鳴るわけですが、「空が青いね」の前にある「間」をどう考えるのか？何故、生徒たちは空を見上げるのか？　空が青く見えるのは、どんな時か？という問いを皮切りに、出演する高校生たちといろいろな話を積み重ねていきました。それが演出家の仕事なんです。

山折　宗教家も演出家も、大切なのは信者や俳優に対する問い掛けであるということだね。

柳　本当の問いには答えが無い。問いの形を崩さない問いもあります。その答えの無い問いを抱えることによって、生きることは支えられる。何故生きるのか？という問いには答えが無い。ある時に一つの答えが出たとしても、別のある時には疑念が生まれ、また問い直さなければならない。でも、その問いを手放さないことによって、自分の生き方を確立出来るかもしれない。

山折　八十を超えてから、天からの問いが聞こえて来るんですよ。それは、「おまえは、いま、死ねるか？」という問いです。

柳　「おまえは、何故、生きるのか？」ではなくて、「おまえは、いま、死ねるか？」ですか？

山折　そうです。何度も何度も問われる。最初のうちは「今は死ねないよ」と答える。でも何十回と問われると、「今ならいいよ」と答えてもいいような心持ちになる時もある。しかし、答えたそばから否定する。それを、ここ十年くらい続けていました。

九十を前にして、政治の世界から「人生百年時代構想」なんて言葉が出て来た。これはぼやぼやしていられない、我々の世代が死の範《はん》を具体的に示さなければならない時がいよいよやって来たと心を決めた。死に方を通して、次の世代に対して「おまえは、いま、死ねるか？」と問い掛けたいと思います。

柳　そして、その問いに答えは無い。

山折　そうです。ここまで、わたしたちは、問い、独り、沈黙という問題をめぐって話をしてきました。しかし、独りであろうとすればするほど、人に出会いたくなるんだな。退職して独りで家に籠《こも》るようになって、人に会わない時間が増えて来ると、無性に人に会いたくなる。

今のわたしの一番の楽しみはね、人が訪ねて来ることだ。柳さんが来る、柳さんと話す、これはものすごい楽しみなんです。不思議だね。会うその日までは、独りで、沈黙して、問い掛けているわけですよ。その間にね、思考の塵《ちり》が溜まっていく。つまり、問いが溜まる。それをひさしぶりに会う人に問うてみよう、問いをぶつけてみよう、それが楽しみになって来る。美味《おい》しいものを食べるとか、美しいものを観るとか、面白いところに行くとか、そんなことはもうどうでもいい。人に会うことだけが楽しみだ。この対話の最中にも、話の合間合間に沈黙が訪れる。その沈黙の中で次の問いが浮かび上がって来る。それを、目の前にいる柳さんにぶつけることが楽しいわけだ。こんなにも人と会いたいという気持ちが強くなるというのは発見だったな。

「朋《とも》有《あ》り、遠方より来たる。亦《ま》た楽しからずや（有朋自遠方来　不亦楽乎）」（『論語』）だ。九十を前に大きな病気をしたから、余計そう感じるのかもしれない。来た人は去る。去る人は追わず。柳さん、昨日、今日と大いに話し、沈黙し、問うことが出来て楽しかった。

柳　また、京都を訪ねます。

山折　是非。人と会うと、独りの沈黙にリズムが生まれる。

柳　沈黙にはリズムがあった方がいいですね。

山折　さぁ、沈黙の時間に戻るとするか……

（二〇一九年二月十五日）

あとがき

初めて福島県内の桜の名所を巡ったのは、二〇一一年四月二十一日、二十二日のことだった。東京電力福島第一原子力発電所から半径二十キロ圏内が「警戒区域」として立入禁止となる前後に桜を訪ねて歩いたのである。富岡町の夜《よ》ノ森地区の千本桜、南相馬市原町区の夜の森《もり》公園の桜、二本松市の合戦場の枝垂《しだ》れ桜、福島市の花見山、三春町《みはるまち》の滝桜――、どの桜も満開で美しかったが、原発事故の放射能汚染を恐れて、花見客はほとんどいなかった。

今年の四月は、寒かった。

四月一日は、最高気温が六度で最低気温が一度、三日の夜は零下になった。

息子が長い春休みを終えて北海道の大学生活に戻る日は、四月七日だった。

息子が小高に居る間は、雨が降らなければ、毎日小高川沿いを二人で歩くことを日課にしていた。

小高を離れる前に桜を見せてやりたかった。

五日は最高気温が二十一度まで上がった。

小高神社前の妙見橋《みょうけんばし》の袂《たもと》にある染井吉野の大木を見上げると、先っちょが濃いピンク色に変わった蕾《つぼみ》や、花びらが少しだけ飛び出した蕾や、軸が伸びて開いている花もあった。

「三分咲きかな？」と、わたしは言ってみた、実際は二分咲きくらいだったのだが――。

「そうだね」と、息子はわたしに同意して、川沿いの小道を歩き出した。

息子の身長は一八十センチもあり、わたしより二十六センチも高いので、横を向いても息子の顔は見えない。

わたしは、息子が生後三ヶ月の時に死んだ東由多加が、伊豆河津の七滝《ななだる》温泉に息子を連れて花見に行きたがっていたことを思い出した。

亡くなる一ヶ月半ほど前、三月の初めのことである。

東はそこで息を引き取ることになる昭和大学附属豊洲病院のベッドの上にいた。

癌の増悪で声が掠《かす》れ、筆談をするようになっていたが、その時はひと言ひと言声を振り絞って、言った。

「つりばし荘」

「もう少し良くなったら行こう」

わたしと東は、戯曲や小説を旅先で書いていた。十五年間で百ヶ所以上の温泉地に泊まり、特に奥鬼怒《おくきぬ》の加仁湯《かにゆ》、安曇野《あずみの》の中房《なかぶさ》温泉、伊豆のつりばし荘（二〇一〇年五月に閉館）には長期滞在し、半年以上滞在して長編小説を仕上げたこともある。

「たけはる」東は息子の名前を口にした。

「たけはるも連れて行こう」

「さくら」

「河津桜は早咲きだから、もう満開だよ、きっと」

「ピンクの」

「そう、染井吉野より濃いピンクだよね」

「たけはる、はじめて」

「たけはるは、生まれて初めての旅行だね」

「あの子を、いろんな、ところに、連れて、行きたい」と言うと、東は息を切らして目を閉じた。

桜並木の下を息子と二人で歩きながら、わたしはあの日の東の声に耳を澄ましていた。


今年の春は、福島県の中通りで暮らす友人のTさんと、小高川沿いの桜並木を歩くことになっていた。

テレビのローカル番組の桜の開花予想を信じて、四月十二日金曜日の午後二時にTさんは本屋フルハウスに来ることになった。

桜は九日に満開になった。ところが、翌十日に南相馬では雪が降り、三センチくらい積もって、満開の桜並木の小道は真っ白になった。十一日も日中の気温は一桁《ひとけた》で、雨が降り出すと雪に変わり、また霙《みぞれ》混じりの雨になるというあいにくの天気だった。

四月十二日の朝は二度しかなかった。

Tさんは、少し遅れてフルハウスにやって来た。

昨年フルハウスが開店した四月九日にもTさんは手伝いに来てくれて、本屋の店員としてエプロンをしめるわたしの写真を撮ってくれた。今年も同じ場所で撮りたいとLINEで言っていたので、「写真撮る?」と訊くと、「寒くなる前に、桜を見に行こう」と彼は言った。

わたしはなるべく長く桜の下を歩けるように、少し遠回りをして、小高駅の前から陸橋の下を潜《くぐ》って小高川に出るルートを案内した。

桜の並木道の前に立ったTさんは感嘆の声を漏らした。

「満開だ」

「満開だね。こんなに満開だったら、東京とか鎌倉だったら、花見客で混み混みだし、ビニールシートとかで花見の席取りが大変だろうね」とわたしは言った。

桜が満開でも、行き交う人はほぼいない。震災前の小高の住民数は一万二千八百四十二人だったが、現在の居住人口は三千四百九十一人、約半数が六十五歳以上の高齢者である。

Tさんと肩を並べて歩きながら、染井吉野の平均寿命が実は人間よりも短いという話題になった。わたしは、樹木医などの専門家による「チーム桜守」が、青森が誇る林檎《りんご》の剪定《せんてい》技術を応用した方法で手入れをして、樹齢百年を超す染井吉野が四百本もある弘前公園の話をした。四十九万二千平方メートルの弘前公園には、染井吉野の他にも枝垂れ桜や八重桜など五十二種、約二千六百本の桜がある。満開の時期には桜と弘前城天守閣がライトアップされるそうだ。

「弘前公園の桜、見たことある？」わたしはTさんに訊ねた。

「去年、一昨年と。一昨年は日帰りで行った」

「え！　毎年行ってるの？　家族で？」

「兄貴が結婚を決めたのが、弘前公園」と、Tさんは二〇一一年三月十一日に津波に呑まれて亡くなった兄夫妻の話をした。

「うちのチビたちは二人が亡くなった時はまだ小さくて、ほとんど記憶がないから、この桜の下でパパがママにプロポーズしたんだよって、行って見せてやりたいなと思って……でも、今年は、行けない……」

小学五年生のM子ちゃんが、昨年の夏に兄が亡くなってから声を出すことが出来なくなった。先日ようやくカウンセラーの先生に「もうだいじょうぶ」と泣きながら声を出して伝えたということだった——。

Tさんは K くんのことを「彼」と言い、亡くなった具体的な日時もぼかして話していた。Kくんの死を日付の刻された事実としては認めたくないのだろう、とわたしは思った。

小高川沿いには、何本かの橋がある。

クレーンで解体していて二本の橋脚しか残っていない橋の前を通り過ぎたところで、わたしはKくんのことを訊ねてみた。

彼は、どうして十歳でこの世を去ることになったのか、と——。

Tさんは足を早めも遅めもせずに静かに話をした。彼には先天的心疾患があって心臓の血液が循環しづらいから、運動は出来なかった。我が子として引き取る時に覚悟はしていた。いつか、こういう時が来るかもしれないという覚悟と、もしかしたらなんとかなるかもしれないという希望の間を行ったり来たりしていた七年間だった。

わたしは命日を訊ねた。

七月の終わりだった。

昨年はずっと入退院を繰り返し、夏休み前から院内学級で小学校の勉強をしていたということだった。

Tさんは本屋や演劇の仕事で忙しいわたしに心配をかけたくないので黙っていた、と言った。

わたしたちは、桜並木の終点まで歩き、来た道をゆっくりと引き返した。

すると、ホーホケキョ、と鶯《うぐいす》が鳴いた。

わたしたちは立ち止まって、桜の枝を見上げたが、満開の桜の中に鳥の姿は見えない。

ホーホケキョ、また鳴いた。

「今年初めてかも、ウグイス」と、Tさんも桜の枝を目で辿り、鳥の姿を探していた。

「春先のウグイスの若鳥って、たいてい鳴き方が下手くそで、ケッキョケッキョとか、ホーホケッとかめちゃくちゃに鳴いて練習してるんだけど、今の子は完璧なホーホケキョだったね」

ホーホケキョ……

さっきより近い、真上だ、といくら目を凝《こ》らしても、桜の花しか見えない。

Kくん?と思ったが、それを口にすることは憚《はばか》られた。

わたしたちは、赤い妙見橋を渡り、相馬小高神社の石段を上っていった。相馬小高神社は小高城の跡地で、鎌倉時代の終わりから江戸時代の初めまでの約二百八十年間、奥州相馬氏の居城だった。国指定重要無形民俗文化財「相馬野馬追《のまおい》」最終日の「野馬懸《のまかけ》」の神事が行われる場所としても知られている。

鳥居の脇にある紅枝垂《べにしだ》れ桜は盛りを過ぎて色褪《あ》せていたが、かつて小高城があった辺りをぐるっと縁取るように咲いている染井吉野は、どの木も満開だった。

「あぁ……」Tさんは足を止めて桜と向かい合った。

「Kは桜が好きだったの……」

と、初めてKくんの名前を声にした。

「去年の六月、もう外出するのは最後になるかもしれないと思って、家族みんなで海に行ったの。Kをおぶって波打ち際まで連れて行って、その日も今日みたいに、きれいに晴れてて……」

わたしは、桜に縁取られぽっかりと円《まる》い青空を見上げた。

「ザブーンと砕けた波が白くて、海に陽の光がキラキラキラキラ反射して……それがちょうどこんな感じだった」と、Tさんは桜を見渡した。

「Kが背中で『海に桜が咲いてる』って言って……あれが最後の花見になったな……」

その時、わたしは、東日本大震災直後に東北沿岸部を歩いた時、「海行《うみゆ》かば　水漬《みづ》く屍《かばね》　山《やま》行《ゆ》かば　草生《くさむ》す屍」という大伴家持の歌が体の底から吹き上げてきた、という山折哲雄さんの言葉を思い出した。

そして、風に揺れる桜の中に白い波しぶきを見た。

二〇一九年　惜春

柳美里

山折哲雄（やまおり・てつお）

宗教学者、評論家。一九三一年、サンフランシスコ生まれ。五四年、東北大学インド哲学科卒業。国際日本文化研究センター名誉教授（元所長）、国立歴史民俗博物館名誉教授、総合研究大学院大学名誉教授。二〇一〇年南方熊楠賞、瑞宝中綬章を受賞（受章）。著書に『髑髏となってもかまわない』、『義理と人情 長谷川伸と日本人のこころ』、『これを語りて日本人を戦慄せしめよ 柳田国男が言いたかったこと』、『老いと孤独の作法』、『わたしが死について語るなら』、『ひとりの覚悟』他多数。

柳美里（ゆう・みり）

劇作家、小説家。一九六八年生まれ。高校中退後、東由多加率いる「東京キッドブラザース」に入団。俳優を経て、八七年、演劇ユニット「青春五月党」を結成。九三年『魚の祭』で岸田國士戯曲賞を受賞。九七年『家族シネマ』で芥川賞を受賞。著書に『フルハウス』（泉鏡花文学賞・野間文芸新人賞）、『ゴールドラッシュ』（木山捷平文学賞）、『命』、『8月の果て』、『ねこのおうち』、『国家への道順』、『飼う人』、『町の形見』他多数。二〇一八年四月、福島県南相馬市小高区に本屋「フルハウス」をオープン。同年、「青春五月党」を復活させる。現在、岸田國士戯曲賞の選考委員。

沈《ちん》黙《もく》の作《さ》法《ほう》

二〇一九年六月二〇日　初版印刷
二〇一九年六月三〇日　初版発行

著者　山折哲雄・柳美里
装幀／本文ＡＤ　坂野公一＋吉田友美（welle design）
対談構成　柳美里
発行者　小野寺優
発行所　株式会社河出書房新社
〒一五一－〇〇五一
東京都渋谷区千駄ヶ谷二－三二－二
電話　〇三－三四〇四－一二〇一［営業］
〇三－三四〇四－八六一一［編集］
http://www.kawade.co.jp/
印刷　精文堂印刷株式会社
製本　小泉製本株式会社

Printed in Japan
ISBN978-4-309-02804-0